U0518601

書書坊

大雨中那唯一的

涓滴

The Only One

WATER
DROP

阿来 著

In The Rain

陕西师范大学出版总社

图书代号： WX16N1593

图书在版编目（CIP）数据

大雨中那唯一的涓滴 / 阿来著. — 西安：陕西师范
大学出版总社有限公司，2017.1
　ISBN 978-7-5613-8796-2

　Ⅰ.① 大…　Ⅱ.① 阿…　Ⅲ.① 散文集—中国—
当代　Ⅳ.① I267

中国版本图书馆CIP数据核字（2016）第303629号

大雨中那唯一的涓滴
DA YU ZHONG NA WEI YI DE JUAN DI

阿来　著

选题策划	刘东风
出版统筹	郭永新
责任编辑	张　佩
责任校对	杨　珂
装帧设计	龚心宇
出版发行	陕西师范大学出版总社
	（西安市长安南路199号　邮编710062）
印　　刷	重庆新金雅迪艺术印刷有限公司
开　　本	787mm×1092mm　1/32
印　　张	10.5
插　　页	4
字　　数	148千
版　　次	2017年1月第1版
印　　次	2017年1月第1次印刷
书　　号	ISBN 978-7-5613-8796-2
定　　价	45.00元

读者购书、书店添货或发现印刷装订问题，请与本公司营销部联系、调换。
电话：（029）85307864　85303629　传真：（029）85303879

自　　序

　　这本书里收集的都是我1997到2005年间发表在《科幻世界》杂志上的旧文章。

　　这是它们第一次集合起来，以一本书的形式面世。

　　当年，一个偶然的机缘，我进入《科幻世界》杂志工作。那时，对科学，我是十足的门外汉；对科幻，甚至于一切类型文学也都是门外汉。我有持续兴趣的文学，是有关人、人世的历史与现实的文学。那时，如果某种文学类型仅限于类型，而没有上升到某种人类命运的普遍性，我不会对之发生兴趣。但进入《科幻世界》杂志做编辑工作，使我必须为了胜任工作而学习。学习科学，阅读类型文学中的科幻文学。在这个过程中我发现，写出真正的科幻其实是一件非常有难度的事情。它既与最前沿的科学思想或想象密切相关；同时，也与对人性的洞察、对人类未来的展望有关。按一个美国科幻文学研究者的说法："科幻小说唤起人们关注变革所产生的影响和人类对变革所做出的反应，并预见未来的发展方向。"从这个意义上说，很多所谓的科幻小说不过是把情景设计为某种异度空间，并在其间设定了一些互动角色的游戏之作。

所以，作为当时中国最有影响的科幻杂志，我想应该在塑造真正的中国科幻小说方面多做一些基础性的工作。这项工作，就是主张科幻小说更靠近基于科学的想象，更靠近人类的探索精神，这样一些想法都或明或暗地包含在当时我为自己主持的杂志所写的那些文章中。无论这些文章，是对某一领域科学发展历程的回顾，或者是科幻小说对这一领域科学人文思想所做出的回应；又或者，是对某一部具体作品的评价，都无不渗透了这样的想法。

这些文章，也可视为我为了胜任《科幻世界》的工作，从头开始，学习最基本的科学原理，大量阅读科幻这种类型文学的一些读书笔记。也就是说，它们也是我人生某一阶段中学习过程的一份真实记录。因为出生在特殊的地域和特别的年代，我没有机会接受系统完备的教育。除了为做一个乡村教师而受过一些专业训练外，以后我所从事的工作，包括我一直在从事的文学写作，都是在进入以后，才开始学习。学习之后，才感到自己面临着怎样巨大的知识空白，然后，再来努力填补这些空白。所以，我的工作经历，其实就是不断学习、不断自我教育的经历。

在《科幻世界》杂志一边学习一边工作的这段经历，用去了我人生中的十年时间。现在，我离开这个岗位也几近十年的时间。这些文章也日渐成为一些记忆碎片，沉没于时间深处。我自己也无意将其打捞出来，时时翻看。人生短暂，与其时时回首，沉溺往事，不如一路向前，去往未知的世界，点燃知识的灯火，照亮黑暗，让自己看见，让自己发现。这也是科学与科幻给我的最重要的教益。

这本书的集结，我得感谢陕西师范大学出版总社，是他们从连我自己都没有保存的旧杂志上，搜罗到这些旧文章，重新录入、编校、排版，出版社领导又亲自来成都，把这些重新集结的旧文，以一种新的面貌呈现在我面前。谢谢他们所做的细致工作，谢谢他们耐心说服我同意出版这些旧文，同时，还敦促我写下这些文字，说说这本书的缘起，作为序言放在前面。

人一旦陷入回忆，就会有多话的危险。我既不想多话，更不想总是陷于某种回忆而给自己某种虚假的成就感。所以，就说这些，打住了。

目　录

不要让科学疯狂

今天是星期日，《创世纪》上说，上帝已经完成了天地万物与万物之灵的创造，在这一天休息了。而将来的人们会在功能强劲的网络上读到电子版《创世纪》：第七天，上帝休息时，人类学会了复制众生与自己。

很多世纪以来，人类一周用六天的时间向自然索取，然后休息一天。就这样，地球历史上先于人类产生的物种一批批走向了最后的结局。而现在，我们生命里周而复始的那个小单元里的第七天，一只名叫"多利"的小绵羊从英格兰某个牧场上走出来，与世界上的政治家、体育明星们并肩登上了几乎所有报刊的版面。它是有资格上版面的，甚至有资格上头版头条！因为它是地球上第一个没有父亲的哺乳类动物！它是从一个活体细胞培植出来的另一只羊的复制品。这一天，人类关于克隆的幻想变成了现实！

英国人居然不能独自享有实验成功的荣誉，媒体又披露：多利在宁静的岛国新西兰还有一个三个月大的小同胞。而所有热闹的事情里怎么能少了美国人？他们早已克隆出了两只猴子，正在实验室的笼子里活蹦乱跳。美国人对克隆猴子的动机轻描淡写：为基因方面的实验提供标准的实验用品。人类也真够伟大，连动物都可以进行标准化生产了。以后，你要是在草原上看见一群羊，就像看见刚出厂的同一牌子的汽车一样，可千万不要大惊小怪。

我们获得这个消息，同时就被告知，不要大惊小怪：这个实验刚刚开始，还远不是项成熟的技术。确实，它比起强档卖座片《侏罗纪公园》里复制恐龙的过程还要复杂得多。使人稍感安慰的是，小绵羊多利毕竟还有一个母体。要是哪一天，一个细胞放入一团黏糊糊的营养物质中，时间一到，就能走出一只绵羊或站起一个人来，那情景就有些恐怖了。

我们还被告知，一些国家已经或即将立法，禁止将此项技术用于克隆的发明者本身，也就是禁止对人进行复制。是的，在当今时代，还有什么词比科学、民主、法律这些词更威力无穷，更闪闪发光，也更障人眼目呢？人类开始向微观世界进军以来，确实收获巨大。最初轰击原子，使其产生裂变，是为了获取更强的取之不尽的能源，结果却有上万颗核弹随时可能从天空降落，使发明者自身陷入灭顶之灾。而现在，人类在微观世界里又取得了这令人担忧的成果，那么，这世界上又有哪一个人物、哪一个社会集团、哪一个国家能够保证，克隆本身不会应用于罪恶的目的？谁也不能。

一些从事此项工作的科学家替自己辩解：即使现在我们不研究，将来的人迟早也会的。而我想说的是：让我们先为这个时代负起责任来，多一些人类命运的整体思考，少一些对纯技术的盲目顶礼与膜拜。要是现在我们在被过于强烈的探索欲望驱使时，稍稍冷静一些，我相信，未来的人们也会对自己思考的。假使他们没有把思考的任务也交给电脑的话——科学另一个伟大的目标就是要使电脑智能化，达到人脑一样的水平。

克隆来了，来了的东西会停止吗？科学家是有的，实验室是有的，为之欢呼的人也是有的，消息公布出来才短短几十个小时，美国已经有几百人要求克隆自己了。我不知道这些好奇的人看到一个袖珍的自己产生、成长、壮大，该怎么办？可能要把地下室布置成几十年前的样子，让他禁闭其中，天天给这个"复本"上课，或许能造就又一个真正的自己。要真正做到这一点，只有一间地下室肯定是不够的。还必须克隆与自己生活过的所有的人，把过去时代的一切重演一遍。不然，你就只能看着他在今天的生活里随波逐流，看到这个世界上有了两个，乃至更多个自己，最后，干脆弄不懂哪一个才是真正的自己。那时，就该心理医生出场了。

科学在某些情况下，好像变成了一个滚动的雪球，自身的体积与惯性都越来越大，根本不能自已了。科学家们已经在相当程度上陷入为科学而科学，为发明而发明的怪圈里去了。很少有人停下手里的工作，离开实验室，离开电脑，对所有科学成就从哲学、从社会学、从历史、从人类精神需求的角度出发做一些深入的思考。尼采说过：人类一思考，上帝就发笑。但是，现在人们已经不思考了。现在不是冥想的时代，现在是一个实验的时代！

实验的时代，不要让科学疯狂。

走进科幻

那天，坐在广播电台的直播间里，和主持人一起聊我的长篇小说《尘埃落定》。小说出版后，在市面上热销，文学界几乎一致叫好。说它至少是20世纪最后这十年，中国最好的长篇之一。我不是批评家，也无意把自己的作品与众多同行的创作进行比较，所以，这个评价过温还是过火，我不知道。坐在直播间里，热线一个接一个打进来。在电视与网络的时代，还有这么多人守在收音机前，这使我吃惊不小。更吃惊于这些听众里有这么多人居然认认真真读了阿来的小说。算起来，书上市不到一个月时间，而这本书并不多么通俗易懂，而且是30万个汉字的堆积啊。

现在想起，那种感觉真是很棒。一本书，一本好书立即就把世上这么多智慧且没有放弃思想、没有放弃诗情的人们聚集起来了。无线电波四处传播，这些平常淹没在茫茫人海、滔滔俗务中的人们便汇聚到一起。在这样一个特别时刻，《尘埃落定》为大家提供了一个意义久远的话题：人性，人情，命运，历史，归宿。一个电话放下，又是一个电话响起。我相信，走出直播间，我在大街上能把那个刚与我讨论过有关话题的人认出来。我相信此时的他们，眼睛和脸上会荡漾一种特别的神采，就像我一样，心绪在城市的喧嚣之上，仿佛旗帜迎风高高飞扬。

而最让我吃惊的是，电话里响起一个女孩犹疑的声音，说她没有读过大家正在讨论的这本书，也不太懂正在讨论的话题。那么，特别想有礼貌的主持人正在失去耐心，那么，你为什么要打这个电话呢？

女孩犹疑之中包含着足够的坚定：我只想问问，这个阿来是不是就是《科幻世界》的那个阿来？

我说，我就是在《科幻世界》上印有名字的那个人。

女孩说，我就想知道这个。

机敏的主持人似乎想抓住点什么。

但电话轻轻挂断。声音好听的女孩远去了。

于是，我跟主持人，跟听众聊起了这本我供职的杂志——《科幻世界》。

回到杂志社，在办公室说起这件事，大家都要我把这事写下来。起初还在兴奋之中的我，打开电脑，却不知怎么描述这件事情了。照常例，主持人、记者、出版家、读者都会问我下一部作品是什么，然后我便对下一部作品进行描述。有时，我是在描述的同时开始构想。有一句最流行的问话是，你最好的作品是哪一部。这个问题连甲A球员都能够回答，说他踢得最好的球是下一个。但下一次，他把一个踢不进比踢进还困难的球踢飞了也未可知。作家当然也面临同样的风险。

我不记得当时主持人问没问过这个问题。无独有偶，某报的专访题目就叫作《〈尘埃落定〉后进入科幻》。记者问，你目前正在创作的作品是什么？我的回答是《科幻世界》。记者终于问那个谁都会问的已经变蠢的问题了，请问你最好的作品……我很有把握地说：《科幻世界》。

这绝非是广告性的语言。作为一个在主流文学界有非常不俗成绩的作家，在创作的高峰期，自愿投身到一向为主流文学界所漠视的科幻文学界，从事文学编辑工作，绝非是一时的权宜之计。对于一个有事业心、有责任感的文化人，我投身这个事业，而且是以牺牲大部分创作时间作为代价，肯定不是一时冲动，而是一种深思熟虑的选择。

在当今这个科技时代，整个社会生活正出现许多全新的力量，而现行的主流文学观念的基础，是前工业社会成型的文化历史观，于是，日渐失去激情与活力也就理所当然。主流文学作家在表现农村题材与历史题材时能显出大家气度，游刃有余，而一进入现代都市题材就单薄苍白，就是一个很好的说明。

科幻文学，虽然在中国也有了相当的历史，但呈现出的面貌，还是任何事物在初创时期那种典型的情形：富于激情又幼稚单薄，才情勃发却没有最好的表达，准备承担发展的责任却又患得患失。这非常像一个处于变声期的男孩子。但是，我们都看到了最好的文学要素：瞻望未来时的浪漫，观照当下生活的激情，对社会生活中科技力量的全新作用的敏感。所有这一切，是世故的主流文学界像老年人流失钙质一样正在流失的啊！

技术时代的文学，日益技术化，但核心却是早先的历史观，是早先的道德感，是早先那种一国、一族、一村落的文化视野。

而科幻是整个地球、整个宇宙，是一切过去与未来，是所有生命与智慧的舞台。我相信，科幻文学在中国，将日益壮大。因为，中国要走向明天，中华民族要与全世界所有民族一起进入未来，一种对瞻望未来图景、系念明天生活、关怀明天情感的文学，必然生机无限。所以，相比起我一己的成功创作，我有理由相信，一个维持着更多读者，包含了一个数量众多的作家群体的创作实绩，也包含着我们这些杂志编辑更多心血、更多深谋远虑的《科幻世界》是一个更值得投身其中的事业，自己能在其中为她的日益成熟、为她的健康发展尽心尽力，是一个更值得骄傲的实绩。

在科幻文学中，由于把科学技术的变革所引起的或可能引起的变化作为主要关注对象，所以，其中描述的事件，其重要性往往超出个人与社会。科幻不只是一个巨大的想象空间，还是一个巨大的意义空间，这种巨大的可供探寻的空间，必然引起主流作家的强烈兴趣。我想，随着对科幻文学这种样式的认识逐步加深，必将有艺术上更具创造力、更多思考人类现状与发展的主流文学作家涉足科幻创作。

而中国日益壮大的科幻文学读者群，也势必吸引更多主流文学作家的加入。

我热爱科幻文学，并指出主流文学界的一些局限，那是放在一个比较抽象的层面来谈。这种比较所体现出的科幻文学具有的优势，还有待于所有有志于科幻文学事业的人们来共同推动。如果放在现实环境中来考察，不管是从受众的接受面，还是作家的艺术才能与创作实绩上，科幻文学与主流文学还存在着相当大的差距。我们对明天、对未来前景感到乐观，但没有足够的努力，没有足够多优秀的人来担负使命，憧憬中的明天绝不会到来。幻想中可以有无数个未来，而真正的未来到来时，却只有一种，那么，她是我们想象当中那个最好的未来吗？

叩问外星生命

"突然看到那个令人不安的地方，一片野燕麦，以极其莫名其妙的方式移动，它似乎是被一阵风搅起来的，这阵风不但使野燕麦弯曲，而且还压住了它，使它不能再站起。野燕麦倒下的痕迹正在缓慢地延伸，而且径直地向我们移过来。"

这是科幻作家安布罗斯·比尔斯写于1918年的成名作中的一段，小说就叫《该死的东西》。甚至享有盛名的莫泊桑也写过一本叫作《赫尔拉》的类似题材的小说。把这种描绘与别的神秘小说区别开来的，是小说家从一开始就未将其当成神迹，而是在其中追寻另类生命的秘密。从而成为科幻小说中此类题材的开端。

比尔斯不可能解开这个秘密，他本人最后在墨西哥神秘失踪，连他自身生命消失的事件也成了一个难解之谜。

自古以来，人们就愿意相信另类生命的存在，只因为科学尚未提供更为广阔的视野，就只去猜度身边的世界。连已经发端的科幻小说也概莫能外。比尔斯这段文字中，已经透露出另类生命带给我们的基本感受：神秘、不安却又难以抑制地好奇。其实，早在这个已经日渐被人遗忘的比尔斯之前，科学的探寻已经把科幻作家的视野引向了星际空间。

火星人

1877年，意大利天文学家斯盖帕里利用行星相冲的时机，绘制了第一份火星形态图。这份图上包括一些复杂的直线图样。他在观测报告中称为"线条结构"，据说是转译为英语时误为"运河"。之后，美国人洛威尔在1894年也把天文望远镜镜头对准了火星，结果真的绘制出了"运河"与"绿洲"的详细图样。于是，一种说法在人群中广为流传，火星上有生命体居住，文明的火星人能够建造运河系统，从两极的冰帽引水，应付火星上日益严重的干旱。这种情形，听起来像是一种因环境恶化而走向衰落的文明，苟延残喘的文明。

从这种说法中得益最多的却是科幻作家。

正是那种看似科学，却又似是而非的论点，提供给充满好奇心的人们一个巨大的想象空间。想想那种情形，整整一个星球的世界让你去想象。在你想象的夜晚，它就深陷在满天星斗中，高悬在头顶，闪烁着暗红色的光芒。这真是一种奇妙的景象。

凡尔纳曾将想象从地球延伸到月亮。现在的科幻作家们的想象，则一下跳跃到了火星上面。

科幻作家葛雷格在《飞越黄道带》中，就假托一种叫作Apergy的奇异能量使他的太空船挣脱地球引力的羁绊到达火星。在那里，他让我们见到的火星人与地球人非常相似，却有更进步的文明。

在火星人的题材领域内，科幻大师威尔斯做出了更大的成就。早在1898年，他就完成了《宇宙战争》，在这部小说中，他描写外星人入侵地球，摧毁了整个伦敦，引得群议哗然。这种冲击甚至到达了大西洋对岸的美国，引起了一位美国天文学家佘维世的强烈兴趣，他操刀捉笔为威尔斯这部小说写了一个续集，让发明家爱迪生率领一支满载着科学家与新式武器的太空船队，反攻到火星。威尔斯从此成为一个知名人物，出版界对他也另眼相看，其后好几年里，他每出一本书，据称都销掉了上百万册。以后，威尔斯对外星生命的想象并没有就此消失。在写于1927年的作品《登月先锋》中，他就想象出一种月球生物，形态介于昆虫与人类之间。

科学与科幻之间，有着一种奇妙的关系。在科学有了预见，又未能证实的时候，正是科幻作家大显身手的机会。等到科学为这一切做出结论，就像云雾散尽的山野，真相完全呈现，我们便失去了臆想的空间。而在科幻小说大行其道的时候，科学探究也正未有穷期。从20世纪60年代苏联向火星发射出第一代探测器开始，到美国人发射的火星探路者飞船，已经彻底击破了关于火星人与火星文明的神话。当然，科学也没有最终否认火星或太阳系别的星体上存在生命的可能。但那已经是非常低等的东西，而不是人类所希望的那种拥有智慧与文明创造力的生命体。

天外文明

火星梦破灭之时，科技的进步又将人类的目光与想象力同时引向了太阳系外的银河系与整个宇宙。火星人也被更为宽泛的外星人这一说法所替代。

人类生活从来就有神秘生命体的传说在流布，而所谓不明飞行物与外星人目击事件却在宇航事业与天文学取得更大进展后的这半个世纪里更加频繁。

外星人降临地球，来无影去无踪的UFO，不再是科幻小说与电影的题材，而是在公众生活中颇具权威性的传媒上频频出现。最后，连地球上一些神秘难解的现象：百慕大魔鬼三角，复活节岛的石人像，秘鲁高原上的神秘图像，西欧农场上频频出现的麦田圈，等等等等，凡是一切神秘难解的自然地理现象都可能与外星人的行为有关。这类事件中被传得最活灵活现的，恐怕要算是罗斯韦尔的外星人事件，很多人认定是美国军方把坠落的外星人藏匿在秘密的地方。这种传说，甚至被好莱坞科幻巨片所采用，成为影片刺激公众的卖点。比如登陆中国的《天煞之地球反击战》。

外星人在我们的世界如此自由自在地来来去去，又不让比他们更为蒙昧的地球人一识庐山真面目。有人说，科幻对当今时代的一部分人来说，就是他们的宗教。神秘飞行物与外星人对现今的一部分人来说至少也有一种宗教的味道了。

那么，我们真能找到一种地外文明吗？

科幻小说对此显然深信不疑，而科学也对此抱肯定的态度。

天文学家们认为，银河系里可能有数十亿颗行星，每颗都同它的主星保持着相当的距离，但是条件都比火星要好，也就是说，他们都有可能与地球的环境相仿。这也就是说，要有智慧生命体存在的星体必须满足一些条件。首先，它的质量不能超过地球的2.35倍，不然的话，其强大的引力将使有机体难以承受；同时，它的质量又不能小于地球的40%，否则引力太小，不能吸附住一层可供生命体呼吸的大气。其次，必须同太阳保持适当距离，不然，生命体要么被太阳烤焦，要么被严寒冻死。再次，这颗行星上还必须有植物生存，因为没有植物，就没有可供呼吸的氧气。仅从银河系来看，有一定数量的行星来满足这样的条件是完全可能的。生命的产生与进化是非常复杂而充满诸多偶然性的选择，最终要走到产生智能生命这一步，看来也不是一件容易的事情。

一位天文学家说："寻找外星生命的历史充满了误导与幻影。"这种理论上可以自圆其说而又缺少实证的领域正是科幻作家驰骋想象的天地。

科幻作家笔下的外星人

研究科幻小说中的外星生命题材的作品，是非常有趣味的一件事情。

一方面，没有科幻作家否认外星生命的存在。这其实是人类孤独感的一种强烈反映。人类只是孤悬在这样一颗最后必然走向终点的蓝色星球上，这与一个人独自生活在孤岛上的状况并没有本质的区别。这种境况下，没有同类出现时必然会盼望其出现；但到同类真正出现时，又会产生许多恐怖的揣测。这又与人类视他人为地狱的心理定式有关。

所以，科幻小说与科幻电影中的外星人大多是富于侵略性的，是我们的敌人，他们的出现就是为了毁灭地球文明。这些外星人身上，总是最文明的因子与最野蛮的因子混合在一起，而成为一种我们难以理喻的生命体。这种外星人的形象，从威尔斯的滥觞之作，即已经基本定型，但读者难免产生疑问，如果外星人都如此强大而好战，那我们为什么还要苦苦寻找他们？

还是大导演斯皮尔伯格的电影与同名小说《外星人E.T.》塑造的外星人形象令人耳目一新，使我们看到了与另类生命沟通的希望。也许，这种外星人才是我们真正希望的那一种：足够的智慧与善良；同时，他们孱弱的身体也给了相信体力的地球人足够的安全感，从而使我们轻而易举就喜欢上他们。

《外星人E.T.》里那个智能超常而体质孱弱，似乎是与天地同在的外星人形象，才是能够与我们共存于宇宙的智慧生命，才是我们盼望的那种好邻居。

遗憾的是，很多时候科幻小说让我们见识的仍然还是穷凶极恶、极富侵略性的外星人或外星生命形象。比如，根据海因莱因小说改编的电影《星河战队》，就以现代化的制作方式，向我们生动地展示了一种外星生命——"虫人"的形象。这种形象也出现在电影《迷失太空》里。所以，很多善良的读者对此感到失望，但是，生命的原则就是竞争，如果没有竞争，就没有进化，这是我们从科学那里得到的答案。有时，科学就是科学，它一点也不顾及我们的天真与美好想象。

而根据传闻造出来的外星人却是一种类人的，没有毛发，睡觉也不会闭上一双又大又亮杏仁眼睛的可爱形象。而最终的定论当然要等到真正发现外星智慧生命的那一天。

我们真的能发现外星生命吗？

詹姆斯·尚恩在《茫茫宇宙寻知音》这部小说中，合情合理地构思出一幅向宇宙深处发射无线电波而获得外星智能生命回应的主动图景。小说中的外星卡佩拉人用无线电波的方式，向我们传送了一幅他们自身身体构造的图像。

1972年和1973年，美国先后发射了先驱者10号、11号探测器。它们的主要使命就是飞出太阳系去寻找外星文明，并传递人类文明的信息，上面带有一封访问地外文明的"介绍信"：在一块镀金铝质金属牌上镌刻了人类一男一女的形象，这正为尚恩小说中外星与其他文明沟通的方式惊人地相似。据说，这张名片能在宇宙空间保持几万年之久。

像尚恩在小说中所描绘的一样。现在，地球上确实建立起了一个由科学家和天文学家组成的搜寻外星文明信号的专门机构SETI，其中最大的一个研究项目菲尼克斯计划，就是广泛收听无线电信号，接收外星智能生命有意或无意发射出来的信号。该计划采用大型射电天文望远镜对1000个左右距地球不到2000光年的星体进行侦听。

对于这一计划的前景，科学家兼科幻作家卡尔·萨根在其风行一时的小说《接触》中，对这一计划的前景表示出了充分的信心。由著名影星福斯特担纲的同名电影也取得了巨大的成功。这一切都使我们相信，人类并不孤独，那个推动了整个宇宙与时间的巨灵之手，在茫茫天宇之中，一定为我们安排了智慧的邻居，剩下来的问题就只是，它们是恶魔还是天使？威尔斯曾经说过，如果他们说，我们唯一的愿望是"伺候"人类，那么我们就需要认真问一下自己，他们的意思究竟是要煎我们还是煮我们？

当然，当一切都是似是而非的传言与想象之前，我们只是满怀期待，早在半个世纪前，著名的物理学家费米就说：可是它们在哪里？这句话里半信半疑与好奇心不得满足的复杂心情现在也仍然交织在我们心里。

数字化时代

也许是太多材料、太多有关的现象与话题，在20世纪飞速成长的电脑倒成了一个非常棘手的题目。脑子里一片茫然，面对的电脑屏幕也宁静无声，比操作者冷静，更富于理性。前些天一个同事给我装了一个屏幕保护软件，所以当我发呆太久，电脑就会给出颇具幽默感的画面，让人似乎感到它富于人情味的一面了。这是非常有意思的一件事情，至少枯燥的写作又显得有趣起来了。

在科幻小说中，电脑是个几乎无处不在的存在，一种我们无法忽视的存在。有时，它是一个冷血的角色。不动声色便嘲笑了人类一切情感范畴的冲动与表现（比如，在奥威尔的《1984》里）；有时，它可能是一个野心家丧心病狂时手中一个随心所欲的工具；当然，更多的时候，它可能就是一件为了加强科学氛围而出现的道具。

同时，科幻作家们不得不承认，可能是计算机技术发展过于迅疾，在所有关涉科技的领域里，只有计算机领域，没有留给科幻太大的空间。这和宇航、基因技术等等对于科幻的意义大不一样。有一则未经证实的趣闻说，比尔·盖茨到访日本时，时任日本首相的桥本龙太郎便对他说，你剥夺了我阅读科幻小说的乐趣。

当然，我们不能说，科幻作家没有预见到过这种可以计算的机器。但可以肯定地说，科幻作家没能料到电脑业的迅猛发展，到达今天这种在社会生活中无处不在，从而造成了"计算不再和计算机有关，它决定我们的生存"这种局面。

更重要的是，电脑完全改变了我们对计算这个词语的理解，计算不再是数字间的相互的游戏，不再是一种数量的变化，不再是公式在纸面上诗行一样的延伸与构建。过去，虽然我们也很抽象地知道，数学可以包容这个世界的一切，甚至是哲学，但这种感觉确实过于抽象，因而普通人很难产生具体的感觉。但到电脑出现，我们却真正地感到了。在面前这个屏幕下面的机箱里，在那些芯片、那些集成电路板中间，这个世界上的一切都是可以用计算来表达的。更有甚者，许多这个世界上从未有过的东西，都可以用计算来建立，在数字化的空间里赋予其形式与灵魂。

当然，这是我们所不熟悉的另外一种叫作二进制的计算。这种计算是飞速穿梭的电流在冲撞，许多电子元件在一个密集的空间里，以比巫术还难以理解的方式开启、关闭，这种计算就是比特在回旋。

如果把二进制作为计算机最初的起源，我们就必须再回去两三个世纪。说起德国数学家莱布尼茨。他生于1646年，1661年入莱比锡大学学习，毕业后担任过外交官、宫廷顾问和图书馆长等职。1672年后，他开始进行数学研究，与牛顿并称微积分的创造人。

他改进了帕斯卡的加法器，设计制造了一种手摇的演算机，提出了他认为是与中国八卦相吻合的二进制。1679年，莱布尼茨在描述他的这一伟大发明时兴奋地说："一个人完全能够无中生有。"

对他来说，发现每一个数字都可以用0和1来表示，既是在用来表示所有论点的通用符号的设计方面进了一大步，又是上帝存在的神秘表现。他说："所有的结合都出自0和1，就像上帝无中生有地制造了万物一样，宇宙的最初本原只有两个。只有上帝和虚无。"

历史上的许多发明者本身往往难以预见自己这个发明的真正意义，莱布尼茨也是一样。他给当时在中国传教的耶稣会士写信说，他的发明有助于使中国人皈依天主教。作为最早的机械式计算机的发明者，莱布尼茨要是知道他的二进制算术已经成为电子计算机语言，在20世纪重新获得巨大生命力的话，定会感到巨大的骄傲。我甚至想到，这是否就是一个很好的科幻小说题材。

1938年，法国人库菲格纳尔提出了在计算机中使用二进制算术。与此同时，美国物理学家亚塔纳索夫也想到了在电子计算机上使用二进制，他把这个想法告诉了一个叫毛奇利的科学家。毛奇利是电子计算机技术的先驱者之一，正是他所在的研究小组为现代的通用数字电子计算机拿出了最早的方案，这个方案吸取了亚塔纳索夫的想法。从那以后，二进制算术就成了计算机语言。

而人类要进入电脑时代除了算术问题，还需要更切实的技术支持。

这个技术源流也有颇长的渊源。机械式计算机早在17世纪就已经出现，后来又出现了机电式计算机，而电子计算机的出现则要更多地依赖于电子技术的发展。比如，早在1834年，英国人巴贝奇便设计了一种程序控制方式计算机的雏形，但限于当时的技术条件而未能实现。巴贝奇提出这个设想后的一百多年间，电磁学、电子学不断取得新的进展。电子计算机的开发过程，也经历了一个从部件到整机，从专用机到通用机，从外加式程序到存储程序的演变。

1938年，前面已经提到的亚塔纳索夫首先制成了电子计算机的运算部件。1943年，英国制成了巨人电子计算机，这是一种专门的密码分析机，在第二次世界大战中发挥了重要作用。

1946年2月，美国宾夕法尼亚大学莫尔学院制成大型电子数字积分计算机（ENIAC）。这台计算机最初也是派作军事用途，专门用于火炮弹道计算工作。后来经过几次改进，最终成为能够进行各种科学计算的通用计算机。这台完全采用电子线路执行算术运算、逻辑运算和信息存储的计算机，运算速度比继电器提高了1000倍。这就是人们常常提到的第一台电子计算机。当时就有人记述说："它真是一个庞然大物，一个由真空管和电线组成的恐龙。它长30米，高3米，宽1米，由10万个部件组成。其中包括18 000个真空管，1500个继电器，70 000个电阻，10 000个电容器和6000个肘节开关。据说每次开机，全城的灯都要暗一下。"这台巨无霸的发明者之一曾颇为幽默地回忆说：为了使这台机器正常运转，"每天都像第二次大战时德军发起最后攻击那样紧张"。

这些状况，要等到电子领域出现革命性的变化才能出现。具体而言，就是晶体管的发明。

1948年，肖克利等人在美国电话实验室首次进行了晶体管演示，它能完成电子管胜任的一切工作，却更可靠、更坚固、更小巧，需电很少，又无须预热时间。晶体管利用了硅和锗这类材料的奇特电子学性能，这类材料既非导体，又非电阻，因而被称为半导体。只是最早的晶体管没有电子管一般的放大功能，肖克利与合作者们通过组合几种用不同方法掺杂的半导体材料，制成了放大器件。

但是，晶体管在计算机中的大规模运用还要等上一段时间。20世纪50年代成了巨型计算机的时代。更有意思的是，大家都对计算机在未来的发展做出了错误的预测。比如，最大的计算机制造商国际商用机器公司的创始人就曾预言，对一个像美国这样富有、发达的国家来说，这样的大型计算机只要有三四台就足够应付所有复杂的计算了。

科幻大师阿西莫夫则在另一个方向上做出了与后来的事实大相径庭的预测。他认为，发展到最后，一台电脑最终要有几十亿个电子管，会有一个国家那么大。当然，他没有告诉我们，当一个电脑会占用一个国家的面积时,这个国家的人民是否可以在电子管线之间耕作繁衍。

1977年,斯蒂芬·乔布斯与斯蒂芬·沃兹尼亚克制造出了第一台微型计算机苹果1号。开始时,由于集成电路块价格昂贵以及记忆容量小(当时最先进的微型机的记忆容量仅1000字,相当于一篇新闻稿的字数),相对于同时代为支持阿波罗登月计划实行而重达数百万磅的计算机,最初的微型机不过是个玩具而已。随着新技术日趋成熟,微型机的记忆功能大大增强。从20世纪中期以来,计算机的发展速度超过了所有人的预计,其性能价格比每十年增加两个数量级。如今,我们已经无法构想一种没有电脑存在的社会生活,就像无法想象一个大都市没有公共交通网络一样。

美国媒体实验室负责人尼葛洛庞帝在《数字化生存》一书中指出:"庞大的中央计算机,几乎在全球各地,都向个人电脑俯首称臣。我们看到计算机离开了装有空调的大房子,挪进了书房,搬到了办公桌上,现在又跑到了我们的膝盖上。而在下一个千年初期，你的左右袖扣或耳环将能通过低轨卫星相互通信，并比你现在的个人电脑拥有更强的计算能力。"

地球这颗行星，人们感觉在数字化时代，将变得好像只有针尖般大小了。

仅仅半个世纪，电子计算机技术就为我们带来了信息时代的新纪元。现在，已经没有人对电脑的巨大力量表现丝毫的怀疑。最多会在进入无穷无尽的虚拟空间时发出疑问：数字化的比特流究竟会把我们带向哪里？

答案早已确定：电脑把我们引向一个网络化的社会。在这个社会里，在真实的世界之外再建立一个虚拟的世界是肯定的；在虚拟世界里，电脑获得人脑才会拥有的智慧也是肯定的。早在电脑发展初期的20世纪50年代，阿兰·图宁就曾经预言过："在2000年前可能制造出一台电脑，它待人和气、聪明、美丽、友好，具有主动精神、有幽默感、能够分辨是非，也会出错，会谈恋爱、吃草莓、做梦、被人爱，会总结经验教训、正确使用语言、会思考、行为举止像人一样多种多样，会做没有做过的事情。"当然，我们知道，电脑业界目前还没有达到这样的目标。但这肯定是相当大一部分人的梦想。这种梦想，到了科幻小说与科幻电影中，往往又像是一场可怕的梦魇。我们根据生物生存法则推想，在智能或体能上超过我们的生物或非生物，必然成为我们最可怕的敌人。但是，科学以其越来越大的发展惯性，带着科学家的创造欲望，带着人类对更舒适更轻松生活的渴望飞速前行，所以这种担忧，不过是细雨梦回时的几许迷茫罢了。

更何况，电脑已经把真正需要担心的事情摆在了人类面前。

那么多的科学家、程序编制者、电子工程师，集体性的一次不小心，便活生生地把一个电脑千年虫的问题摆在了世纪末。电脑的出现已经为我们今天的生活创造了许多新的词语，但正面临这样一个令人尴尬的局面时，新语言的创造者们却很具象地想到了一种令人生厌却又无处不在的东西——虫子。这只小小的却无处不在的虫子，下定决心要在世纪末来临时，好好地让整个人类尴尬甚至恐慌一回。

同样的道理，当潜藏于人心深处与人为敌的欲望，幽灵般地在暗夜里浮出，舞蹈于电脑屏幕，蚕食鲸吞我们精心建构的心智成果，挑战电脑世界里必需的规范与道德。面对此情此景，人们想起的还是一个比之于比特、比之于网络更古老的词——病毒。电脑不是生物体，但电脑病毒却有生物病毒的两项最基本的特性：传染性与潜伏期。也许，电脑专家们不会反对我们来这样定义电脑病毒：它是一种可在计算机中运行的，人为编制的，具有一定程度的破坏性、隐蔽性、可触发性、衍生性和针对性的软件程序。

我们说，世界上有许多发明创造得益于科幻小说，而科幻小说有时也以其惊人的预见性警示人们。在计算机病毒方面，科幻作家也表示出了惊人的预见性。1975年，美国作家布鲁勒尔写下《震荡波骑士》一书，该书以蠕虫和病毒为主角，第一次正面描写了在信息社会中以计算机作为正义和邪恶的斗争工具的故事。后来，作家托马斯·雷恩又推出了轰动一时的《P-1的青春》，书中大胆构想了一种神秘的、能够自我复制的、在计算机间传播的病毒。在故事中，这种病毒最后使自己成了7000多台计算机的程序主宰。

1983年，科幻电影《战争游戏》上映，影片描述了一个孤独的少年在自己的卧室中通过一台计算机从事军事活动的故事。

预言很快实现，1983年11月3日，美国计算机专家在全美计算机安全会议上展示了一种在运行过程中可以复制自身并具有破坏性的程序。这种程序正式命名为计算机病毒。随后，计算机专家们实际运行了这个程序，从而在实验中证明了计算机病毒的存在。

据不完全统计，每年在世界范围内由于计算机病毒所造成的经济损失高达数百亿美元。因此，我们完全有理由说，计算机病毒是新的科技发展时期，人类在自身安全、社会法律与人性道德方面所面临的一个重大问题。

穿越时空的视线

很多发明都曾在战争中发挥过巨大的作用。

16世纪的荷兰眼镜制造商汉斯·里帕席把两片透镜安放在金属管内适当的位置，从而在观察时将远处景物放大。他把这一新发明献给荷兰政府，用于战地观察，在荷兰反抗西班牙的独立战争中发挥了重要作用。

剩下来的事情只是等待一个人把它转向天空，这个人就是伽利略。1609年，当时任数学教授的伽利略去威尼斯访问，在这里，他获得了荷兰人制成能将远处物体放大的筒形眼镜的消息。伽利略立即想到，这种新发明可以用于观测天体，于是，他亲自设计和制造了第一架天文望远镜。他将一块平凸透镜和一块平凹透镜装在一根直径4.2厘米，长60厘米的管的两端。为了能够伸缩调整，以适应远近不同的物体与观察者不同的视力，他还用一粗一细的两根相套的空管来调节两片透镜的距离。在一个晴朗的夜晚，伽利略把这件能把物体放大三倍的仪器对准了月亮，于是，世界上便产生了第一架天文望远镜。

这是一个具有非常意义的时刻。英国著名的科普作家阿普里尔德说："这一时刻，对世界的意义是如此重大，以至于人们将它与耶稣的诞生相提并论。"因为"自这一时刻，人类生活中的不可能成为可能"。有人把这一时刻定义为现代科学的创世纪般的起点。当然，这一刻所蕴含的伟大意义，当我们从数百年后的今天回眸瞩望时才完全显示出来。仅仅从科幻的眼光来看，没有这一刻，我们很难断定凡尔纳会写下鲁迅译为《月界旅行记》的那部成为一切太空题材科幻小说鼻祖的伟大作品。

从此，这个世界上便多了一种时时想把天空看得更清楚、更深远的人。

德国人开普勒将伽利略望远镜的目镜与物镜都改为平凸透镜，并相应加长了望远镜镜身，如此一来，观测到的景物就倒置了。不过，对悬浮在宇宙中的天体而言，也无所谓正看与倒看。真正让人感到遗憾的是，开普勒因为视力不好，并没有从望远镜里看到什么。最先用开普勒望远镜观测行星的，是意大利天文学家弗朗西斯科·冯塔那，他看到了木星上的横带与火星上的模糊斑纹。后来，意大利人里希奥利利用这种望远镜看到了木星卫星被太阳投射到木星上的影子，从而证明木星也像地球一样，是靠反射阳光才发亮的天体。

在天文望远镜的发展初期，就被像差问题所困扰。所谓像差，是指光线经过透镜后不能准确汇聚于焦点而使图像模糊的这一现象。荷兰数学家斯内列斯用数学方式研究了像差问题，从而发现了入射角与折射角的正弦之比保持不变的规律，从而对开普勒望远镜为何需要加长的镜身，做出了理论解释。

在科学史上，很多时候都是先有理论，再由实验求证，而在望远镜的历史上，却是发明在实践中产生后再获得理论支持。17世纪，荷兰人惠更斯从另外一个角度论证了长身望远镜的必要性。他发现，曲率越小，透镜成像质量越好；而曲率越小，焦距便越长，望远镜的镜身也就必须随之加长。因此，他亲手制造的望远镜竟达到了37米的长度。1659年，他向全世界宣布了几年来用长镜身望远镜获得的惊人观测结果：土星被一道又薄又平的光环围绕着，而且光环的任何一处都不与土星表面相接触。于是，一个长镜身望远镜的时代便到来了。有的望远镜的前端要吊在高高的桅杆上，还需要许多工人使用绳索才能使之起落升降。当时的人们并不懂得，决定望远镜放大倍数的是透镜的直径而不是焦距的长短。因此，望远镜的长度才有增无减，最长的竟达到了65米。

针对这种情形，英国人胡克为了缩短望远镜镜身又保持物像清晰，提出了反射镜的最初构想。最后，还是科学巨人牛顿把这一设想变成了现实，他于1668年亲手制造了第一架长度仅15厘米的短身望远镜。但这并不意味着一个新的观天时代已经到来，望远镜在解决了像差问题后，还被色差问题所困扰。所谓色差，是指望远镜图像周围出现彩色环使观察目标模糊的现象。牛顿用一棱镜使白光折射，形成了红、橙、黄、蓝、绿、紫的光谱色带，说明白光实际上是不同颜色光的混合体。牛顿认识到，色差是光通过透镜折射形成光谱的必然结果。

牛顿科学地解释了光谱现象，却又认为这是永远无法纠正的。由此，使人联想到在量子力学领域有过重大发现，却又得出错误结论的爱因斯坦。对此，有人很快提了质疑。苏格兰数学家格雷戈里问：眼睛就是一块透镜，为什么就没有造成色差？

英国律师兼数学家霍尔设计把两块透镜组合在一起，从而成为一个双凸透镜，使光汇聚到焦点，而不致使颜色光散开。他把这个新装置叫作消色差镜。1733年，霍尔终于制出了物镜直径为6.5厘米，镜身仅长50厘米的消色差折射望远镜。这才宣告了短镜身望远镜时代的真正来临。

消色差望远镜虽然消除了色差，但当时的技术条件只能制造出直径10厘米的透镜，而透镜的大小则决定了星空观测者的视界。直到1744年，英国天文学家威廉·赫歇尔制造出一块直径为45厘米的反射镜，并把它装到一架6米长的望远镜里，并于1781年发现了太阳系的第七大行星——天王星。这是伽利略首次把望远镜用于天象观测后，用望远镜发现的第一颗行星。

1786年，赫歇尔决定制造一架反射镜口径为122厘米，镜身长12.2米的大型望远镜。为此，英王乔治三世捐赠了2000英镑。1786年，这架巨大的望远镜终于竖立起来，犹如一尊重型大炮直指天空，从此揭开了望远镜巨型化的新纪元。巨型望远镜宽广的视野，使人们可以同时观测足够多的恒星，从而把人类的目光引出了太阳系，引向了整个宇宙空间。1805年，赫歇尔就提出了太阳以每秒17.5千米的速度朝武仙座方向运动的论断。这一结论是革命性的，在伽利略、开普勒、牛顿之后，阐明了太阳和太阳系在银河系中的运动，从而宣告了太阳不是宇宙的中心。

现代望远镜技术的发展，以美国1895年制造的巨型望远镜为开端。这架望远镜用一块101厘米直径、

230千克重的透镜装在18米长的镜身里，整座望远镜的重量达到18 000多千克。20世纪20年代，施密特又将反射望远镜和折射望远镜两者的长处加以综合，提出一种新式巨型望远镜的方案。1930年，第一架施密特望远镜问世，它令人吃惊地增加了大型望远镜的效能，可用于宽视场的巡天工作，配合新发明不久的望远镜照相机，取得了多达100万颗星象和10万个以上星系的照片。

1910年，芝加哥大学天文学系毕业了一位名叫哈勃的学生，这个在未来天文学界将独树一帜的人物，却收拾行装去英国改学法律，并于1913年回国在肯塔基州从事法律工作。第一次世界大战爆发的1914年，他又突发奇想，回到天文学界并获得博士学位。1919年，他进入威尔逊山天文台工作三十多年，直到离开这个世界。他是星系天文学的开创者。就像人类社会存在着人、家庭、乡镇、城市和国家之类的组织，宇宙中也存在着相似的阶层构造：星球、星团、星系、星系团、超星系团。将人类维系在一起的有多种多样的因素，而把宇宙间的众多天体维系在一起的，却只有一种力量——引力。大约100个星系构成星系团，它们之间完全靠彼此间的重力吸引而保持着聚合状态。每一个天才的天文学家把眼睛离开望远镜时，都会告诉他们的同行些什么，伽利略是这样，牛顿是这样，哈勃也是这样。

被哈勃窥破的最大的宇宙秘密是红移，那是光所透露出的秘密。这种光线在另一双眼睛里根本就不算什么，那不过是几束略略有些变化的光罢了，但哈勃告诉我们，那是星球在离我们远去，虽然我们不知道它们将去到哪里。但我们从此知道，从无限扩展的空间里，我们也能看到时间。一个超新星爆发的光芒到达地球时，光已经很冷很冷了，因为它已经在茫茫天宇里旅行了数十万年，那就是过去的时间；而一些星星正在死去，那就是我们太阳系将来的时间。

是的，从此我们的视线在穿越空间的同时，也正在穿越时间。现代天文学为我们建立起了一个崭新的时空观。正由于此，美国宇航局在1990年把第一架被美誉为"最新型的观测宇宙的眼睛"的太空望远镜发射到地球轨道上时，就用哈勃来命名。

哈勃太空望远镜几乎就是好事多磨的故事里的典范。早在1977年美国便通过了预算，并定于1981年正式升空。最初的延误出现在可视为望远镜生命的主镜片上，为了达到太空总署的严格的技术指标，这块直径达2.4米的巨型镜片完全靠人工研磨，一下就花去了五年时间。后来，又是电脑程序缺陷再次延误了升空时间。等到这一切问题解决后，又出现了1986年挑战者号爆炸事件。这次，不只是哈勃望远镜，美国所有的太空计划全线推迟。直至1990年4月10日，哈勃望远镜终于站在了发射台上，却又在发射前五分钟出现油压系统故障，在最后一分钟发射被迫取消，让两千多名屏息静待的天文学家的希望再次落空。

1990年4月24日，在耗费了九年时间和7亿美元之后，哈勃望远镜终于升入太空。从这一天起，天文望远镜就可以克服地球大气带来的障碍，来捕获来自更大空间与更远时间的光线了。

哈勃望远镜在升空一个多月后正式运行。这时，天文学家们却发现，因为焦距调整问题，哈勃传回地面的信号模糊不清，它的画面解析能力仅达到原设计水平的二十分之一。问题就出在主镜片上，它的边缘比预计的平坦了0.002厘米，从而造成了难以克服的球面像差。要知道，人们将哈勃送进太空，就是为了观测遥远的天体，探索宇宙初期，也就是时间开始时的状况，如此一来，这些计划便无从实现了。

于是，科学家们决定进行太空维修，为其加装一个名叫COSTAR的修正装置，并添加隐形镜片，以恢复主镜片的功能。1993年12月2日，七名宇航员搭乘奋进号航天飞机升空，执行维修哈勃的任务。他们用机械手臂将望远镜收回到货物舱中，直到12月10日，经过维修的哈勃脱离了太空船，回到了它自己的轨道上。按维修小组的话说：他们"终于完成了病人的眼部手术"。为了检验维修效果，地面控制人员将其对准了位于室女座星系团的M100涡旋星系。天文学家们欣喜地发现，即使是数千万光年之遥的星系，也像是30光年距离的物像一样清晰。对于这样一个成果来说，任何失败与曲折都可以承受得了。

但人们又在期待依靠哈勃做出更多的发现，于是，便有了第二次维修哈勃的行动。1997年2月11

日，发现号航天飞机升空。太空人在此次飞行中共进行了四次太空行走，为哈勃增加了红外线观测装置——一台分光仪。哈勃提供的更多的深空信息，鼓励天文学家们计划在以后的年代再对它进行一两次武装，使其在正式退役前，为我们勾勒出一幅更加清晰的宇宙图景，提供更多的讯息，让我们描绘宇宙初始与终结时的情态。

伽利略把望远镜对准月亮那一刻，数十倍地扩展了我们的视场；哈勃望远镜将我们的视线在几乎穿透空间的同时，也穿透了时间。

仅仅从科幻创作的眼光来看，这一系列的发明引发了时空观念的改变，这其实也为科幻小说家们重新考虑时空以及这个世界的关系提供了新的视角。美国科幻作家特德·奇昂在其新作《巴比伦塔》里，就以古老的圣经故事为题材，对地狱与天堂的关系进行了一种纯空间意义上的想象。

而爱因斯坦们、霍金们在探索追问望远镜在我们面前展开的时空何以如此时，都在设想超越这一切宏大无边之上的终极力量。对于这一切，阿西莫夫却只写了一篇精巧的短篇《眼睛不仅用来看东西》，描绘出一种梦境般的力量、一种律动不已的欲望。今天，我们相信，科幻小说还有着许多已知与未知的空间。因为，还有许多望远镜等待开启，茫茫太空中还有许多的光线、许多的信号，正要抵达，或者刚刚出发。

机器人：虚构与现实

谁给机器人命名

大多数人提起机器人这个概念时，第一个联想肯定是一个未来场景，紧接着第二个联想便很可能是一个人类的仆从。在大多数时候，在大多数人眼里，机器人这个概念就给人这么一个似是而非的印象。虽然我们已经生活在科技时代，但很多时候，在公众的脑海里，科学总是些似是而非的概念，比如千年虫，比如基因工程，比如我们本期的话题——机器人。

于是科学家、教育工作者对此情形常常感到痛心疾首。从专业人士的眼光来看，任何一个事实的面貌都清晰可辨，尤其是对于那些并不站在本学科前沿，而又从事着此项工作的人来说，一切都像教科书里提到的那样，清清楚楚，明明白白。像爱因斯坦、霍金一样，面对一种更宽阔更无限的前景感到困惑与茫然的人，在我们身边几乎是不存在的。对特别唯物或者说特别拜物的某些科学工作者来说，爱因斯坦们的不可知论是不可理喻的。

在我们目前的社会生活中，机器人正处在人类希望它们所处的位置上，去完成对越来越聪明的人类来说那些觉得单调、危险、费力、容易使人疲惫的工作。20世纪初期，自动化的生产线刚刚出现时，科学家和技术崇拜者还在为此热烈欢呼的时候，那种集约化的、被流程与机械强制的工作方式，就已经引起了艺术家从另一种视角发出的特别关注。

我们都应该记得，对这一现象最先从人文立场进行反思的，是还处于默片时期的电影，是喜剧大师卓别林。在那个时代传留下来的黑白影像中，电影镜头里，最初的机械手与人一样在应和着大机器时代的节奏律动。那种律动最后给我们一种很恐惧的感觉。人文主义者给出了一个词，叫作异化，即人的机器化。卓别林的电影至少告诉我们，人的机器化是件相当可怕的事情。

当然，这种恐惧只是为一两部喜剧电影提供了素材。因为科学的根本是要使人类获得最大限度的解放，于是，在人机器化的同时，机器也越来越具有人类某一方面的功能化特征。这就是我们所说的机器人。而电子计算机的出现，在数字化时代来临以后，机器人的出现就是一种必然了。

什么是机器人

《大不列颠百科全书》对机器人这个词条的定义是：在科研或工业生产中用来代替人工作的机械装置。

值得科幻作家们骄傲的是，连机器人这个名词，都出自于科幻作家的创造。大家知道，这个人就是捷克作家恰佩克。恰佩克并不是凭空就创造出了这个词汇，就在他和剧作《罗萨万的万能机器人》的诞生之地布拉格，早在中世纪时代就流传着一个相当朴素的类人机械的故事。犹太教的宗教首领拉比用黏土造了一个人来保护城中的犹太居民不被迫害，这个泥人叫高乐姆，由额头上的一块宝石进行控制。如果没有这块宝石，高乐姆就是个泥人，但有了这块具有神秘控制功能的宝石，它就能像人一样行动，并获得超人的能力。当然，这个故事对于挑剔的科幻迷来说，肯定算不得一个合乎科幻小说定义的东西。我们在此做这样的援引，是想指出，文化上的连续性对于科幻文学创作的影响同样不可低估。正因为这个原因，恰佩克的创作，绝对不可能是一个偶然的事件。

恰佩克创作最早有关机器人的故事和创造机器人这个词汇是在20世纪初叶，而真正的机器人出现大约还要到半个世纪以后。1954年，美国人德沃尔成功地设计制作了世界上第一台可编程控制的机器人实验装置，并为此申请了专利。1959年，第一台机器人产品UNIMATE（意思是万能自动）在美国诞生，直到今天，这种机器人仍然运用于多种工业领域。

这种类型的第一代机器人，也被称为示教再现型机器人。所谓的示教再现是由人事先编制程序，让机器人完全按照指定的操作方式进行操作。这种机器人没有一点智力，只能准确"再现"事先预设的规定动作，自动进行重复作业。大多数工业用机器人、遥控操作机器人都属于这一代机器人。

第二代机器人则对外界的环境的变化初步具备了感觉能力，又称为应型机器人。它的大脑能对通过传感器获得的感觉信号进行简单的判断并经过适当的控制完成相应的决策。

第三代机器人才是真正引起科幻作家和更多人关注和忧虑的那一种。这代机器人被称为智能机器人，即具有人工智能的机器人，它能感受更多的信息，不仅能做出一般的判断，甚至于具备了记忆、推理等决策能力。

从目前的情形来看，智能机器人是一个集中各种高技术的系统工程，其目标就是用各种机器建立起一种"人"的模型，离开目前的技术现实，回到人类的想象力。在那个叫高乐姆的泥人故事里，有两个要素值得我们加以特别的关注：第一，通过一个装置（在这个故事里是一颗宝石）的打开或关闭对一个机器人进行控制；第二，机器人具有超人力量，一旦失控，甚至会威胁到制造者本身。这两个要素直到今天，还在有关机器人题材的小说中发挥作用。当然，更多的时候，我们总指望这样的理念对科学家们的设计与发明多多少少有些影响，换句话说，科幻作家从根本上还是站在人文立场，而不是纯粹以科技进步作为唯一的归宿。他们希望科学界的从业人员能够对科学进步带来的伦理问题，以及对世界构成秩序的冲击进行一些思考。

这也许正是我们所说的科幻作品前瞻性的具体表现，可能也是科幻作品能在当今之世得到读者欢迎的一个重要原因。

但我们不得不看到，科技进步的步调越来越快，科幻作家在作品中对某种技术前景提出特别创意并获得成功的概率越来越小。不是每个科幻作家都像阿瑟·克拉克那样以通信卫星之父的美名被科学界奉为泰斗；大多数科幻作家也并不都像齐奥尔科夫斯基和卡尔·萨根一样，首先在科学上取得令人瞩目的成就，同时有志于进行科幻小说创作。

在大多数情况下，科学界需要的是技术意义上的启示与灵感，而不是富于伦理意义的忠告。科学的身躯越来越庞大，它一旦行动起来，就会获得越来越大的加速度，当这种情形出现以后，科学要停下来思考已经是一件不可奢望的事情了。原子弹出现时，发明它的科学家们不是没有预见到其巨大的杀伤力与破坏性，但也只是在大爆炸成为噩梦般的现实以后，在人类的核子武器库已经足以把蓝色地球上的人类文明毁灭许多次以后，才有人幡然悔悟，进入了抵制者的行列，但分明已经为时太晚。任何一种进步机遇中都会蕴含着潜在威胁，科学发明很难通过行业本身对自我机制进行约束，比如克隆，比如各种导致环境恶化的技术。

再比如，机器人这个行业。

除了在科幻文学中，机器人行业是所有科学发明引起最少争议的行业。因为在很多工业行业中，机器人的大量运用恰好避免了卓别林电影里那种可怕的场景。目前，机器人干的大都是人不愿意干的工作，把人从麻木意识、导致疲惫的工作中解脱出去，去从事更高层次的生产制造工作。美国麻省理工学院的布鲁克斯博士和他的研究小组研制了一种小型机器人，它几乎能干任何种类的乏味工作，比如搜集办公室里的空饮料瓶、打扫房间或搬动大的物件等等。还有一种昆虫大小的小型机器人也将问世，我们可以将其放在地毯上或家具下去清理污垢。这是现状，而在虚构的科幻文学作品中，其早已栩栩如生地出现了。比如，布雷德伯里精妙的短篇小说《细雨即将来临》中，就有许多这种打扫机器人。虽然这篇小说的主旨并不在于探讨机器人的有关问题，但全篇每一个角落都显示了高度智能化的机器人的存在，甚至那所最后焚于大火的房子也可以被看成是一个巨大的机器人。这其中有一点特别意味深长，所有这些大大小小、形态各异的机器人都为房子的主人，也就是我们这样的人类服务。但是，一场核灾难后，人类已经不复存在。于是，这些机器人便走上前台，成为小说里真正的主人公。这样的场景是特别富于寓言意味的。

机器人向何处去

于是，又一个问题产生了，机器人必须像人吗？

这个问题包含了两个层面，机器人的外在形态和心智状态。

首先当然是外形，公众对机器人外形的概念更多来自科幻电影。如果一切都像科幻电影那么简单的话，机器人，特别是将来的机器人就必须是人形的。在这个问题上，科幻电影取得了长足进步。在电影《星球大战》荒凉的外星背景中，机器人就是一些行动笨拙、说话像应声虫似的金属罐子。这样的机器人就像人喂的一条狗，可以任意驱遣，而且是令人非常放心的。但是，到了后来，机器人在电影里就要靠真人扮演了，比如施瓦辛格所扮演的那个未来终结者。大家都知道，这个风靡一时的形象，是用动作明星与电脑特技结合而成的一个不可战胜的形象。除了时空穿梭那种比较低幼的构思，我们要说，从来没有一个机器人形象给我们如此强烈的视觉与情感上的震撼。

但真实情形里的机器人却与科幻电影里的造型

相去甚远，很多机器人只是模仿了人类的某方面的特征，比如生产流水线上，那些给集成电路板点焊的永远不知疲倦而且永远精确无误的机械手臂。就在前述的布雷德伯里的那篇小说中，并没有一种机器人以我们人类的形态出现。比如，那些担负清洁工作的机器人，就采取了小动物的形态；从某种程度上说，那幢房子也是一个机器人，但它既然要完成房屋的功能，就采取了房屋的形态。

于是，第二个问题即机器人如果获得高级智能，那么，它会是一种什么样的心智状态呢？从根本上讲，这种进展的程度要依赖于电脑业界的发展。但是，我们应该预想到，机器人的形态也会在一定程度上决定机器人的心态。假如人类给它们足够的机会发展智慧与心态的话；因为从纯理论的角度来考虑，机器人的高度智能化不是没有可能，而是人类允许它们达到什么样的智能程度的问题了。

在所有的机器人研究者、制造者那里，机器人完成什么功能就会采取什么形状。我非常想建议人写一篇有关智能机器人的小说，这篇小说里的世界的统治者就是一个躲在幕后的超级机器人，无所不在的劲头有点像奥威尔《1984》里那种无所不在的力量。那个机器人是一个不断结网的蜘蛛的形状。当然，我并不希望这种真正无所不能的机器人突然出现，我也不想看到机器人突然成为人类君主的那一天。

很多人相信，机器人终将战胜人类。

机器人在心智上超过人类的话，这个世界会是一个什么样的图景呢？英国人凯文渥维克博士是大学控制系的教授，专门从事人工智能与机器人研究，他写了一本名叫《机器的征途》的书，副标题就是"为什么机器人将统治世界"。在这本书中，他甚至提出了一个机器人统治人类的时间表。这个时间对我们大多读者来说，都还可以亲身经历，这个时间就是2050年。到那一天，机器人成为主人，而发明它们的人类反倒万劫不复地处于奴隶的地位。

当然，我们不相信情形会糟糕到这样的地步，就像不相信今年就是地球的毁灭之日一样坚定不移。但这并不是说，这种可能性是不存在的。

于是，不由得想起了阿西莫夫。在关于机器人时代的寓言式写作中，阿西莫夫足以使整个科幻文学界保持一份在科学领域里的骄傲。他除了成功地营造了一个未来机器人时代的真实可信的场景外，他还给出了机器人三定律：第一，机器人不得伤害人类个体，或者目睹人类个体遭受危险而袖手不管；第二，机器人必须服从人给予它的命令，当该命令与第一定律冲突时例外；第三，机器人在不违反第一、第二定律的情况下要尽可能保护自己的存在。

从今天，到未来，这三定律还将是机器人研究与制造领域的一部基本法律。今天是，明天更会如此。

长生不老的梦想

　　人真可以长生不老吗？从蒙昧的古代，直到科学技术高度发达的今天，都尚未取得明确的答案。

　　一种没有与天地共生，但可以与宇宙同终的生命形式，一直是人类的一大幻想。在未有科幻小说之前，这种幻想就在人类意识中广泛存在了。秦始皇派往海上的队伍最终未能带回长生不老的仙方，以后的许多中国皇帝也未能将这个梦想变成现实；宗教却依靠人类壮阔瑰丽的想象力完成了超越。所有的宗教几乎都用同一种方式告诉我们，长存天地的方式只有在神灵的世界才能实现。但科学的力量在短短的时间里，就破除了宗教的这种迷信。

更有意思的是，科幻作家詹姆斯·冈恩就认为人们崇信科学，热爱科幻小说，其中就暗含着追求生命长存的古老动因。那么，科幻小说对这一问题是如何回答的呢？

最初的一个准科幻故事是洛德·利顿的《鬼屋》。在这个故事中，主人公聚集了大量的不义之财，为逃脱惩罚，假装死去，又在另一个地方另一段时间里复活。主人公为什么可以做到这一点呢？当时的科学还处于幼稚期，所以小说家的回答是"依靠意志"。他有强烈的意愿让自己活下来，并达到了目的。从今天的观点来看，已经算不得是一个科幻故事了。

威尔斯《已故的埃尔夫沙姆先生的故事》写于19世纪和20世纪之交，比起《鬼屋》有了很大的进步。埃尔夫沙姆是一个老恶棍，他给年轻人吃一种神秘的药，然后与之互换身体，使自己重获青春。这种药物的力量实在太强大了。一个被置换了躯体的年轻人在小说里哀叹"他的全部记忆、全部性格都从他萎缩的脑子传给了我"，同时，埃尔夫沙姆也就带走了他的记忆与性格。

现在的科学技术告诉我们，把一个人的记忆与性格转移到另一个人或另一个躯体上或许是可以办到的——科幻电影与小说认为完全可以办到——当然这样做不是靠药物，而是靠电子技术。

电子技术真可以帮助人类实现这个与人类相伴始终的梦想吗？

以现阶段的计算机技术来看，人的思维复制与储存还是不可能的。大多数科学家认为，每个人脑贮存的信息量约为1万亿个字节，如果不考虑其中包含更多动量与模糊的东西，至少有相当部分可以用数字化方式储存起来。但更重要的是，电脑贮存信息的方式同人脑全然不同，电脑的方法是严格程序化的，各种程序必须分门别类地组成树状目录，但人脑更像宇宙，有序之中是大量的无序的混沌与模糊。电脑每秒钟可以进行上亿次运算，人脑每秒钟只能运算5—6次。更重要的是，人类对我们自己大约有100亿个神经元或神经细胞的作用机理并不十分明了。在没有明了这种机理以前，计算机专家们想设计一种更类似于人脑运行方式的电脑是没有太大可能性的。

当然这仅仅只是现状而已。

从整个计算机业界初期的发展情形来看，花1美元能够买到的计算机运算能力，每二十年便增加1000倍。照此速度发展，没有人怀疑电脑有一天会具有人的思维能力。当然，思维包括运算，但思维不仅仅是运算。更令人相信电脑最终可以储存并转移记忆的，还是电脑的微型化前景。电脑的微型化是没有止境的，纳米技术有可能把电脑部件缩小到分子和原子大小。纳米技术带来的超级微型化将清除具有人类个性和智能的电脑的一切障碍，因为当电脑里的零件变得极小靠得极紧的时候，它就有可能像人脑里互相依存、互为动力的神经元那样工作了。

这时，人也许可以长生不死，但这种长生不死，是极具侵略性的，因为你的思维与意识必须寄生到另一个躯体。这种寄生与植物学上的寄生毫无共同之处，这种寄生绝对是排他性的。如果这种技术真的出现并得以运用，在那时的社会中，最重要的冲突将是争夺躯体资源的冲突。

但我们还未来得及为此感到特别忧心如焚，生物学界已经用他们的成就向我们保证，远在电脑转移记忆与意识的技术尚未成熟之前，就可以为我们制造出一个又一个等待输入信息的躯体。这个躯体不是从别人那里用强力掠夺来的，而是根据你自己遗传信息复制出来的全新复制品，即今天在媒体上被炒作得沸沸扬扬的所谓克隆人。

如此一来，梦想长生不老的人们就用不着像威尔斯笔下的埃尔夫沙姆一样，在别人的身躯里跳来跳去了。

在20世纪的最后一年，我们做出这种技术性的乐观展望，又不得不承认，我们的这个世纪为下一世纪的人们提供了一种全新的生活图景，但对我们而言，却仅仅只是一种展望。可能使人类长生不老这一理想得到实现的计算机与生物工程两大技术都是在20世纪奠定了坚实的理论与实践基础，但20世纪的人多半不可能看到这一技术成为现实的那一天。

遗憾归遗憾，从理论上讲，却没有人对基因技术的广阔前景感到怀疑。

今天，对大多数受过正规教育的人来说，脱氧核糖核酸（简称为DNA）是生物遗传信息载体，已经是一种普通的常识。然而就在20世纪初，这个理论诞生之初，即格里菲斯与艾弗里等人提出DNA中包含人类遗传信息的理论时，却受到了几乎是整个生物学界的漠视与怀疑。

1928年，格里菲斯在用肺炎双球菌感染小家鼠的实验中，发现某种导致细菌类型发生转化的物质，这种物质到底是什么，人们尚没有清楚的认识，但为了便于研究，便暂时将其称为"转化因子"。格里菲斯的这个发现，虽然不够明晰，却为以后认识到DNA是遗传物质打下了基础。

1944年，在纽约洛克菲勒研究所，艾弗里等人经过大量实验，得出了DNA就是格里菲斯推测的那种"转化因子"的结论，并当即在《实验医学杂志》上发表了这一革命性的研究成果。但直到50年代初，一个又一个的实验结果都不能使怀疑论者相信DNA就是生物遗传变化的原因所在。直到1952年，赫尔希与蔡斯证明了DNA能携带母体病毒的遗传信息到后代中去以后，科学界才终于接受了这一理论。科学界对这一理论的怀疑，也反映到诺贝尔奖的评奖委员会中。鉴于科学界对这一理论所持有的争议，他们认为至少应该推迟向艾弗里颁发这个奖项。可是，等到争议平息时，艾弗里已经去世了。诺贝尔评奖委员会只好承认："艾弗里于1944年关于DNA携带信息的发现是遗传学领域一个重要的成就，他没能得到诺贝尔奖是很遗憾的。"

从此之后，基因工程作为一门应用性很强的学科，在20世纪下半叶获得了飞速的进展。

从DNA那美丽的链条上，警察可以获得破获案件的信息；育种专家可以使植物带上动物基因，比如在娇嫩的番茄里加入高纬度地区的鱼类的某些基因，而使番茄得到抗冻的遗传。在英国，考古学家在一个古老的山洞里找到了一具九千多年前的古人骨架。他们从死者的牙齿中抽取出DNA，依靠电子设备找出了其中的遗传信息密码图谱。然后，就在当地的一所学校里，从学生与老师身上获取DNA样本，与遗传密码图谱进行比照，结果，一个名叫塔吉的教师被认定与这个九千多年前的古人，出自同一个母系遗传。

最近，在美国，基因学家们正在把一头母牛变为一座无机器设备、无污染、低成本的制药厂，使它产出的奶汁本身就是药物。科学家们在显微镜下先把人体DNA与某类抗生素的基因混合起来，再注入牛的胚胎细胞，创造未来产奶的母牛，这头母牛产下的奶汁自然地便带上了药物的功效。目前，正在试制阶段的是一种血清蛋白替代品，据专家估计，只要有2000至3000头这样的母牛，就可以以合理的价格满足当前整个市场对这种药物的需要。

当然，从热力学第二定律我们可以得出：人，仅仅就肉体而言，绝对不能长生不老的结论。这个认识，在数千年前制造了许多木乃伊的古埃及人和印第安人那里就有了深刻的认识，我们一多半都是由水分组成的躯体绝对不是一个可以追求永恒的造物。基因工程给我们提供许多副作用更小、更接受生命本体的药物，甚至使身上任何一个部件的置换都成为可能，但要长生不老或不死也仅仅是个梦想而已。

于是，剩下的唯一道路，就是把人自身的克隆体与未来可能用电子方式储存的前一个身躯的记忆与意识结合起来。要做到这一点，从纯粹科学意义上说，已经不是一个理论问题，而只是等待在技术上提出一个具体的实现日期罢了。用DNA克隆一个生物整体有无可能，从英国实验室走出来的克隆羊多利已经做了明白无误的证明。在科幻界，大导演斯皮尔伯格把迈克尔·克里斯顿的小说《侏罗纪公园》搬上银幕，其中就以不太科学但却直观的方式把如何从DNA复制生物个体的过程生动地演绎了一遍。

在可以预见的将来，人类可以运用新近发现的超氧化酶来保护人体内的脱氧核糖核酸，延缓整体的衰老，从而使人类的平均寿命从70多岁增加到大约120岁或者更长一些。除此之外，低重力下的外星生活，可以使居住者的心脑承受较小的压力，因此可以减少地球上最致命疾病之一——心脏病的发病率。

在中外那么多的有关星际旅行的小说中，有一个难以克服的障碍就是距离与时间。在科幻作家笔下，在不采用某种神秘难解的能量跃迁或时空跳跃，而在光速或亚光速条件下，要实行星际远航，唯一的方法就是延长人的生命，一种是使人在低温下休眠，再一种就是克隆本体了。目前，我们似乎只是在这个独特的领域内感到了人长生不老的必要。因为从现在的状况看，无须克隆，人类急剧增加的个体数量已经让地球家园不堪重负了，更不用说如此一来人类在整个社会结构与伦理上所受到的挑战了。

在科幻小说题材空间越来越小的情形下，如果有科幻作家在这个方向上展开大胆的想象与思想，或许会在纯粹的科学小说与社会小说之间找到一个美妙的结合点。我们有理由期待中国科幻作家在这个领域做出自己特别的贡献，因此，我们也有理由说，科技的进展除了改变我们的生活与世界的面貌，也会带来一些新问题，让我们思考，让我们在选择时感到两难。这种处境下的人类，正是值得小说家给予更多人文关注的对象。

寻找外星家园

遥远的木卫二

卡罗琳·享森是一位天文学家的女儿，丈夫是一名工程师，除此之外，她还是一位资深的科幻小说迷，她常常对人说："我确确实实想到太空去，我想在那里生活并种植粮食。我想成为一个不朽的先驱。"她还说："我们担心如果在这个星球上待的时间太长，事情会变得非常非常令人厌烦。"

卡罗琳读过的第一本小说就是罗伯特·海因莱因的《太空农夫》。

这本书讲的就是太空移民的故事。故事里，男孩比尔和他的家人一起为了逃避地球上过密的人口和饥荒来到了木卫三上。小说中，因为有了可把冰变成能源和空气的"质能转换器"，木卫三已经有了人造大气层，所以使这一家人的冒险成为可能。海因莱因写道："材料已经有了，就是冰，再有足够的能源，就能把水分子变成氢和氧。当然氢是向上走的，氧则停留在表层供人们呼吸。"

在今天，吸引了更多科学家目光的却是木卫二。1997年，由伽利略探测器从距木卫二仅600千米处拍到的图片，使这颗直径仅为3138千米的年轻星球，成为继火星之后，又一个生物天文学圣地。通过对这些令人称奇的图片所做的地质分析，天文学家们推断，木卫二与地球一样富含液态水，只是这些水都被封盖在冰层下面。水是形成氨基酸，进而形成化学链的必要组成部分，化学链又引起脱氧核糖核酸与活性细胞的形成。

当然，也有人认为照片上木卫二的地表特征并不是由于存在着固态水与液态水而形成的地理现象。比如俄罗斯宇宙物理学家鲍利斯·罗季奥诺夫就有自己大胆的推测。他认为星球光滑表面上那些美丽的纹路是输油管和高速公路形成的网络，所以，他认为，在木卫二上有一种高度的文明，以至于在木卫二上建造起了庞大的地下城市。即使木卫二没有可以供人呼吸的大气，也没有防护太阳和木星辐射的磁场。

建立外星大气层

无论如何，木卫二这种现象已经唤起了人们的极大兴趣。已经有人在计划着向木卫二发射一个可以穿透冰盖的探测用的小型潜水艇。

而早在1997年，卡西尼号探测器就已经上路，向着土星及其卫星泰坦星进发。2004年，探测器将降落到泰坦星的大气层，并绘制星球表面的地图。

泰坦星远离地球，距离达12.2亿千米，其表面温度为−178℃，使人很难看到生命存在的可能。而旅行者号探测器发回的光谱分析却又表明，在太阳系唯有泰坦星像地球一样，大气层中含有大量的氮分子，同时，还存在着大量的甲烷。这不禁使人想起数十亿年前地球也差不多是同样的大气环境。这样的大气环境可能导致强烈的温室效应，这种效应则有可能使泰坦星表面温度剧增，形成一个类似地球诞生生命前的环境。到那时候，如果再让科幻迷卡罗琳来进行太空移民选择，她肯定就会选择做泰坦星的第一代新太空人类。

但是，所有梦想着向太空移民的人，不管是科学家还是科幻作家，没有人想过要静待我们相邻的行星及它们的卫星上发生自然演变，直到可以让我们搭起通向宇宙深处的最初的跳板。在可以预见到的将来，人类可能始终把火星当成宇宙殖民的首选目标。在下一世纪最初的十年，我们就可能看到人类完成从地球到火星的最初旅程。

而且，人类对火星上可能存在生命的希望虽然数度被科学结论否定，却又被太空探险中的一些不确定的发现重新激发。比如，通过最近的火星探测飞行，又一次证明火星可能真有水的存在。只不过，这些水不是在最初人类以为的火星运河中流淌，而是以固态即冰的形式储存在红色星球的极地之上。于是，美妙的想象再次复苏：火星曾经是一个鸟语花香的世界吗？从现阶段人类的认知水平而言，这是一个无法做出结论的问题。但是，人类去火星将减轻许多负载，比如水或者制造水的设备与能源。剩下来的问题似乎就是，在用光以固态储存于火星上的水之前，人类能够在火星上建立起一个类似于地球的生态系统吗？

永远的火星

太空环境科学家甚至制定出了一个颇为详尽的绿化火星时间表，并将这一计划分为几个阶段来逐步实现。

第一阶段，第一批地球人到达火星。他们将生活在透明的密封的圆形建筑内，只有穿上宇航服才能出外探险。他们将在不太大的范围内进行种植试验，分解火星大气层，探测火星地质状况。

第二阶段，更多人到达火星，采用一种或多种方法使火星温度上升。方法之一，是用火星轨道上的太阳反射镜，将太阳热能更多地反射到火星表面，并以此融化火星上的冰。还有一种方法是建立核能驱动的化学工厂，工厂制造并向火星释放温室效应气体。如果一切顺利，能够过滤掉对生物形成致命杀伤的紫外线的臭氧层将会生成。这一阶段，火星上的居住人口可能达到一万之众。当然，他们都还住在密封建筑里生活和生产。

第三阶段，二氧化碳、氮和水在火星表面生成，温度也上升到适合人类生存的标准。这时，火星上的五万居民将会看到火星的红色天空变向深蓝，带来雨水的白云升上天空，水流开始在火星上那些干涸的河道里蜿蜒，植物也将在这个星球的表面开始生长。植物用二氧化碳制造出大量的氧，从而改变火星的大气构成。如果生物制氧太慢，有科学家还主张把碳酸岩和氧化铁矿床加热，使其向火星大气层释放出几百万吨的氧气。

第四阶段的到来会迟缓一些，但这一阶段一旦到来，火星上的气温和氧气含量就会达到与地球相同的水平，更多的植物走向这个星球的每一角落，一些小型的海洋也开始生成。移民数量会以更快的速度增长。这时，火星上的人将开始谋划着向另一颗星球进发了。

不管从理论还是实践上说，真正重要而且困难重重的肯定是第一阶段。科幻作家对这第一步也做出了自己不乏科学根据的想象。弗雷德里克·波尔有一部名为《人变火星人》的长篇小说，故事中首批地球人登临火星时也是住在密封的环境里，但其中一个人在地球上的时候，就已经用电子、生物与机械技术从里到外彻底地改造过了。因此，他已经是一个无须任何适应过程，就能在地球与火星两种环境里行动自如的新人类。科幻作家为科学家提供了一种新颖而合理的思想。

关于火星上水的来源，除了其两极储存的冰之外，阿西莫夫在其发表于20世纪50年代的小说《火星之路》里指出，土星有颗体积达1.4亿立方千米的卫星全部是水。如果把这个超大冰块运送到火星上，除了能满足所有灌溉的需要外，还能迅速改变火星的大气环境。有人想到用一枚巨大的火箭将其推进到火星，如果这在未来的技术条件下具有某种可能性的话，如何使其安全降落而不致造成毁灭性的灾难又成了另外一个问题。

"生物圈2号"的尝试

于是，我们很容易地又回到了前面比较考验人类耐心的阶段论上。即使如此，考虑到生物圈脆弱的特性，火星上人工的生物圈的稳定性也是令人担忧的。因为在此之前，在地球上，一个小范围模拟地球生态系统的实验工程已宣告失败。

1986年11月，一个名"生物圈2号"的模拟生态系统工程在美国干燥的沙漠中破土动工。这是一座占地超过1.2万平方米，用玻璃与钢材构成的可以与外界完全隔绝的全封闭建筑物。除了一个可供八个人生活与进行自足式农业生活的2000平方米的生活区，设计者还在其中设计了5个荒野区：带小山峰的热带雨林区、水下有珊瑚礁的海洋区、加利福尼亚式的沙漠区、热带草原区，以及一个佛罗里达式的沼泽区。

设计者们最初的设想是，圈内的居民和3800多种动植物（可能远比最初的火星殖民地物种要丰富），能够在这个封闭的系统中靠循环方式利用其中的空气、水分与多种养分维持一种自足的生存。如果这个项目取得成功，可以为人类早期在外星球的生活提供一个可资借鉴的样板。可惜的是，这个并没有像火星一样的干旱与尘暴，也没有面临低重力环境等困难的自足世界，还有功能强大的外在设备帮助其维持稳定的湿度与温度的项目最后还是走向了失败。

1991年9月，八名科学家作为这个人工世界的首批居民进入封闭系统，执行为期两年的科学使命。很快，计算机就显示生物圈内大气层中的氧气含量正在下降，一年多后，氧气含量从21％下降到14％，这就和生活在大山顶上差不多了，稀薄的空气使其中的居民在工作时感到力不从心。

原来是生物圈内生产区中用于粮食生产的2000立方米沃土导致了这种情况的出现。沃土中富含的大量有机质，使其成了微生物的乐园，超量繁殖的微生物消耗了大量的氧气。

圈内居民还发现，在没有毁灭性自然灾害的前提下，如此肥沃的土地上种出的粮食却不够维持生计。仅仅因为光线不足和病虫害，粮食不能达到预期的产量。

最后，该项目的负责人不得不向圈内注入氧气，这已经与最初的设想大相径庭了。据说，这一项目的主持者中，有许多人都是移民火星的狂热派，所以这些麻烦都未向外界透露。实验仍然在困难地继续，但问题却不断发生，移入生物圈中的25种脊椎动物只有6种生存了下来，大多数昆虫都灭绝了，包括许多像蜜蜂一样传播花粉的昆虫，这意味着许多植物也将无法结出种子。与此同时，一些生物却疯狂地繁殖：牵牛花疯长，四处布满蟑螂，形成了一场生态灾难。

1993年2月，生物圈工程科学顾问委员会成员全体辞职，并承认科研工作没有取得丝毫进展。1994年4月，第一批居民中有两位破墙而出，因为担心恶劣的生态环境危及生命安全。

但更多的人相信，这只是告诉人们，人类到外星安家，会面临比预想更多的困难，也许还有没有预想到的困难。但并不能因此说，人类要永远在被地球大气层滋养的同时，也被牢牢地封闭。

此文开头的卡罗琳·亨森写了一首歌，正能代表大多数人对人类未来的信心，这首歌就叫《奔向群星》：

我们聚集在一起，去创造地球的未来，
我们手挽着手，我们是再生的人类。
宇宙敞开了大门，群星敞开了大门，
星空中有着丰饶的土地。
宇宙敞开了大门，未来在我们肩上，
奔向宇宙，奔向群星。

大雨中那唯一的涓滴

从1998年到1999年，我们连续推出了杰克·威廉森的长篇《CT飞船》与《CT辐射》，这两部完整地构想出了一个反物质世界存在的科幻作品在读者中引起了非常强烈的反响。除了作家名气的号召力，这两部作品刊发时发生的科学事件也对读者造成了强烈的刺激，从而造成这两年间一个科幻阅读的热点。

长期以来，功利地衡量所有存在的眼光，使人们过于关注科幻在科学上的预言性。我们并不特别认同这种单一的眼光，但这两部有关反物质题材长篇的推出，与1998年阿尔法磁谱仪（AMS）发射升空寻找反物质与暗物质，也构成了一种奇妙的巧合。

历史对航天时代的事件都记忆精确。1998年6月3日，北京时间6时10分，中国科学家制造的阿尔法磁谱仪，搭乘美国发现号航天飞机进入了开放的宇宙空间，在其首次飞行中，AMS工作正常，数据质量很好，能正确区分各种粒子，测量精度也达到了预期要求。

AMS实验是由华裔诺贝尔物理学奖获得者丁肇中主持的大型国际合作科学实验项目，有美、中、俄等10多个国家共37个科研机构参与了这一计划。AMS实验的目的是通过探测宇宙射线的速度、在磁场中的运动轨迹以及能量的损失等信息来计算它的电荷与质量，从而确定它是何种粒子或原子核，在这个基础上研究宇宙中是否存在反物质与暗物质。中国大陆和中国台湾就有好几个科研单位参与了这一计划。其中，AMS的机械结构设计制造与环境实验由中国运载火箭技术研究院承担，中科院电工研究所承担了实验中最关键的永磁铁的研制，中国科学院高能物理所承担了磁谱仪反符合计数器的研究。

这一切工作成果，无疑为中国科学家在世界范围内赢得了崇高的荣誉，更重要的是为寻找反物质、暗物质提供了可靠的技术保证。

现在的问题是，反物质真的会存在吗？

科学家告诉我们，反物质首先是个理论上的假设。

天文学的观测证明，整个宇宙都处于一个膨胀过程。天文物理学家据此推论整个宇宙起源于一百五十亿年以前的一次大爆炸，宇宙间的所有物质都是在大爆炸后产生的。当代的粒子物理理论认为，大爆炸产生了多少物质，就应该产生等量的反物质。

反物质假说最早是由英国物理学家狄拉克提出的。1928年，狄拉克建立了描述单个电子的方程——狄拉克方程，并且预言了正电子（反电子）的存在。四年后，一位叫安德逊的年轻科学家在宇宙射线中发现了正电子，证明了狄拉克的预言。狄拉克因此于1933年获诺贝尔物理学奖。1956年，钱伯林与塞格雷在伯克利的质子同步加速器上发现了60个反质子。1959年，中国物理学家王淦昌在更大的加速器上发现了反西格马超子。后来，又有人发现了反氢原子。

众所周知，在我们生活的世界，周围所有的一切都是由物质构成的。物质则由原子构成，而原子又由带负电的电子和带正电的原子核构成。再结合爱因斯坦相对论的原理，就可以推导出，可能还存在另一个世界，即反物质世界。也就是说，如果宇宙中真有大块反物质存在，那么在遥远的地方就应该有"反地球""反太阳"，甚至"反星系"的存在。

迄今为止，这一切都还只是假说，而这种假说类的东西，正是科幻作家发挥自己想象能力的巨大空间。因此杰克·威廉森在《CT飞船》开始时，即对反物质给予了这样的定义："它可以说成是物质的一种倒转的体现形式。"

在杰克·威廉森笔下，神秘的反物质世界已经逼真地呈现出来，在这个基础上，他还更进一步地创造出了一个反物质生命系统。现在我们很难设想，在几十年前，作家本人怎样突发灵感，在脑海中臆造出了这样一个奇特世界的完整景象，我们更加难以想象的是，他怎么会如此大胆地幻想出把物质世界与反物质世界重合起来的技术方法。但我们确实从小说中看到了这种看起来可信的方法。

科学家的认识当然会更加严谨与精准，他们认为，反物质由反原子构成，而反原子则由带正电的反电子和带负电的反原子核构成。反原子与构成我们这个世界的原子质量相同，但其所带电荷及其他物理属性则与原子完全相反。所以，当原子与反原子，物质与反物质相遇时，两者便会同归于尽，化作一道炫目的强光。科学家们将此现象称为湮灭。

更重要的是，在湮灭的瞬间，物质与反物质中所蕴含的全部能量都会释放出来。

在科幻作家那里，这种湮灭在被控制后，其源源不断地产生的能源比核能、太阳能都更加强大、更加源源不竭。有人认为，唯有这种能源驱动的火箭，使行星系飞行成为可能。而在杰克·威廉森的《CT辐射》中，反物质作为能源竟合情合理地为整个星系提供价格低廉的自由能源，从而改变了星际间的力量平衡，达成了行星际社会政治的"第五自由"。

同样是基于湮灭这个概念，使一些科学家对反物质问题做出了另一种解释。他们认为，大爆炸时产生的物质与反物质数量与质量都是相当巨大的。之后，正是湮灭现象使大部分物质与反物质都消失了。我们现在看到的物质存在只是湮灭之后的剩余部分。

美国著名的物理学家费曼曾告诫人们："如果在宇宙空间中，你遇见一个从远方飞来的飞船，宇宙人向你伸出了他的左手，你可要当心！他很可能是由反物质构成的。"

如果说，费曼先生所说还比较笼统的话，杰克·威廉森先生的小说，正好营造出了一派两种物质与两种物质下的文明相遇的真切景象。

在科学还没有求得实证的领域，科幻小说要真实展现一个想象出来的世界或场景，的确是非常不容易的。因为除了科学上的可能性之外，读者还会要求作家营造出一种身临其境的真实感。这种真实感不是一种工笔画式的风景描绘，因为任何一个成功的作家，在其小说的基本构成中，必须基于足够的社会性认识。当我们经常议论作家想象力的时候，本能地会以为作家在创作中处于一种天马行空的状态，但稍有写作经验的人都知道，创作不是梦游，那种迷幻式的状态不可能支撑起一种既能前瞻未来人类处境，又能够揭示出人类现存状况与最能映照我们现存状况的人与人之间的矛盾与冲突。

在威廉森先生的这部小说中，牵动我们内心的，除了反物质文明的神秘性，更重要的是小行星人与更大的利益集团之间的冲突。尤其是关于能源分配与争夺在整个太阳系内的新的星际种族之间的斗争与更大的跨星系商业公司的运作方式，都让人从当前的弱肉强食的世界政治与经济格局中意会到一点什么东西。从历史我们可以镜鉴今天，从科幻小说所展示的未来社会图景，我们也会从当下的现实中洞见些什么。有历史学家说，任何历史都是当下历史，那么，杰克·威廉森这种史诗风格的作品对当下的社会生活也具有一种批判性的洞察。所以，我们也可以说，科幻作品绝不仅仅是一种技术性的展望，一部科幻小说的成功还应该包含更多的支持别的文学作品成功的因素。如果说，两种物质文明遭遇的情形是一种大胆的想象的话，物质世界人类社会本身的冲突与斗争正好是对我们现存秩序的间接批判。

科学家推测，这种粒子从反物质世界出发时，应该是反原子。当反原子穿过宇宙间的重重阻隔时，有的反原子会把反电子丢掉，使原子核中的负电性能显现出来，只要它们带了电，人们就能通过磁场发现它。阿尔法磁谱仪主要功能就是探测这种显现出负电性的反原子核。

　　阿尔法磁谱仪是圆筒形，内壁安装一圈由钕铁硼材料制成的永磁体，中心部分是6层硅探测器，能将穿过它的带电粒子的电荷量、运动速度等逐项记录。AMS另一个重要部分是分成上下两层的闪烁体。一个原子核要进入磁谱仪，首先要穿过顶部的闪烁体，并产生一个光点，然后才进入磁体内部。在强大的磁场作用下，反氦原子核穿过6层硅探测器时，其运动轨迹就会发生偏转，并留下印迹，最后，反氦原子核穿过底部的闪烁体时，也会产生光点。把这些光点与印迹连接起来，就能得到反氦原子核在阿尔法磁谱仪中的运动轨迹。

　　阿尔法磁谱仪的此次升空，主要目的是全面检测其各项功能，看它能否经受得住太空条件的考验。

正式工作，要到2002年组装到国际空间站上才会开始。届时，它将在空间站上运行3—5年。在此期间，预计将有上百亿计的质子穿过AMS，只要发现一个反原子核就是重大突破。丁肇中博士把这形容成在一场大雨中找到仅有的一颗带颜色的雨滴。

几千年来，人类都是通过光来观测宇宙，而AMS则是直接对带电粒子进行测量的最初的唯一手段。阿尔法是希腊字母表中的第一个字母，在科学上用它进行命名的项目代表在人类历史上属于首次。从这个意义上，用阿尔法来命名AMS真是实至名归。如果磁谱仪真的有所发现，那中国人对人类将做出继四大发明后最伟大的贡献。假如AMS成功地找到了大量的反物质，不仅可以确证宇宙的起源，还可以获得大量的能源。不过，如果真的进而发现了"反地球""反太阳""反星系"，宇宙与人类的未来又该是一种什么样的面貌呢？

这，是科幻作家面临的巨大创作空间。

关于生命的伟大发现

一个叫史蒂文的美国科学家全神贯注地注视着显微镜下的奶牛的一个细胞，他的目的是让这个细胞成长为一头奶汁里富含基因药物的奶牛，如果实验成功，这头奶牛将成为生物学里最具革命性的重要成果之一。

这不是科幻小说中的场景，而是我们这个世界正在发生的科技现实。

由于这一实验结合了生物学界两项最先进的技术——基因导入和无性繁殖，没有人怀疑科学家会取得成功。

生物学的发展，是一个漫长而又鲜为人知的故事，让我们从最初的源头开始……

从眼镜片开始的故事

说来真有点匪夷所思，用于宏观观测的望远镜和微观观察的显微镜都是碰巧发明的。

16世纪末，一个名叫詹森的眼镜匠发现了凹镜与凸镜的奇妙组合。但没有证据说明他用这种有魔力的玻璃镜片组合进行过科学意义上的观察。1609年，伽利略把改造后的望远镜对准了月球，"这一时刻，对世界的意义如此重大，以至人们将它与耶稣的诞生相提并论"。伽利略用望远镜观察了月球，又用显微镜研究了一种昆虫的复眼，并对其观察到的情景进行了描述。

在这个故事中，一个重要环节是荷兰人列文虎克。他亲手磨制的显微镜片能放大物体达400倍。列文虎克是亚麻布制品商人，业余时间以玻璃吹制和精细的金属制造为乐。正是在这种特别的消闲活动中，他想出了磨制放大镜镜片的方法，并用自己磨制的镜片装配出显微镜。他把许多人们厌弃的东西放到了放大镜下，例如唾液、植物叶片、精液、尿液、牛粪、蝾螈尾巴和从自己牙齿上刮下来的碎屑等。从而在人们面前打开了生物内部的微观世界。

1674年，对鱼、蛙和鸟类的卵形红血细胞和人类以及其他动物的圆盘形红血细胞进行了正确的描述。

1675年，在青蛙内脏中发现寄生的原生动物。

1677年，发现了男性精子的存在。

1683年，描述了人体口腔内的细菌。

那个时代占统治地位的思想认为：以视觉为基础的无权成为科学。自从望远镜与显微镜问世以后，"科学不再避开通过光学仪器直接观察的思想了"。所以，有了这种凹凸两种镜面组合而成的观测仪器，才有了建立在相信视觉的观念基础和依赖光学仪器的实验基础之上的近现代科学。比如细胞生物学、遗传学和在此基础上发展起来的生物工程学。

活跃于17世纪中期的英国人胡克，他用显微镜观察软木切片，发现其间布满许多蜂窝状的小室，这种小室在每平方英寸上的数量超过了100万个。胡克把这种小室命名为"细胞"。其实，他看到的只是死亡植物的细胞壁加空室，与今天科学家眼中的细胞概念相去甚远，但是这一表示生物结构基本单位的名称，就此沿袭下来。

上述科学家在把目光对准生物内部的微观世界时，显微镜镜头下反映出的物像四周都有一层光环，影响到了图像的清晰程度。这种现象在光学上叫透镜色差。18世纪中叶以后，才经英国人隆德和意大利人阿米奇等人之手得以解决。19世纪30年代，第一台消色差显微镜上市出售，为生物科学家研究生物构成的基本结构提供了更实用的利器。

1833年，英国植物学家布朗从植物表皮细胞内含物中发现一种构造，于是他将其命名为"细胞核"。后来，他又相继从各种植物花粉、胚株及柱头等处发现了细胞核。

布朗这一发现，成为德国科学家施莱登创立细胞学说的出发点。

细胞学说的创立

施莱登是律师出身，因对植物学有浓厚兴趣而于1831年弃职学习植物学。1838年，发表《植物发生论》。在这篇论文中，他明确了细胞学的主要思想：细胞是所有植物结构的基本单位，植物发育的基本过程就是独立的活的细胞不断形成的过程。

把细胞学说从植物界扩展到动物界，并使其更具概括性和有更广泛适用范围的，是德国人施旺。1939年，施旺在《有关动植物结构与生长一致性的显微镜研究》一文中，给了细胞学说一个更完备的表述：所有的生物都是由细胞及细胞产物组成。他指出，细胞不仅是生物的构造单位，而且是生命的功能单位。并用"新陈代谢"这个词来形容细胞内部所经历的一切化学变化。

后来的生物学家在研究中，留意细胞的增殖的问题，并发现两个子细胞的细胞核是由亲细胞的细胞核分裂产生的。

19世纪时，科学家们为了更清楚地观察细胞，在显微镜制片、固定剂、染色剂以及生物切片技术等观测手段上取得了更大的进展，细胞学说在新的技术条件支持下，获得了更大的进步与发展。生物科学家们从细胞学说出发开辟了一个又一个新的研究领域。

其中最重要、影响最深远的是细胞遗传学的建立。1848年，霍夫梅斯特从细胞中发现染色体无疑具有革命性的意义。早期的细胞遗传学者即在此基础上，着重研究分离、重组、连锁、交换等遗传现象及染色体行为的遗传学效应。

细胞学说与达尔文进化论的整合

说到这个话题，我们将不得不涉及学术史上的一个悲剧人物孟德尔。

这位奥地利科学家从1856年到1863年，对豌豆进行了八年的杂交实验，从其研究成果中提出了遗传因子（现在称基因）和显性性状、隐性性状等重要概念，并在此基础上阐述遗传规律，即所谓孟德尔定律（分离定律与独立分配定律）。可惜的是，他的这一精辟的思想却长期未能得到学术界的承认。直到20世纪初，即1900年，有三位科学家几乎同时证明了这一定律，他的思想价值才被重新发现并得到确认。此时，距孟德尔做出这一伟大发现已经过了三十五年，孟德尔本人已经辞世近二十年了。

孟德尔于1865年发表其伟大发现，在此六年之前的1859年，达尔文发表了划时代的巨著《物种起源》。以前生物界认为生物体可以自己引导适应方向，但达尔文则相信生物变异具有很强的随机性，只是在自然选择的压力下，大量的随机变异中有一部分会变成可遗传变异，进而导致生物的进化。达尔文不知道孟德尔从另一个方向证实了他的伟大理论。孟德尔的遗传因子说确认，遗传因子（基因）阻止性状的融合，以此保证生物特性不变；只是在有性生殖的基因重组过程中，会偶尔发生基因突变，从而产生出变异的后代，使得自然选择在此基础上得以发生与延续。这一发现无疑会为达尔文传布自己的进化论提供一个有力的证据。十分可惜的是，这一正确发现却被科学界的偏见与谬误淹没了许久。

直到20世纪的三四十年代，迈尔等生物学家才将进化论与遗传学融为一体。

20世纪50年代，被称为"建构所有生物体蓝图"的DNA的发现，更进一步证明了达尔文关于一切生物都是相互联系、都有其共同来源的直觉。DNA存在于生命体的每个细胞当中，每个人体细胞中包含23对染色体，每对染色体各有一边来自父亲与母亲，DNA就包含在这些线状染色体中。

科学家建议我们把DNA看作是一小段一小段的软件，从每一小段都可以拷贝出自己更多的副本来。所有生物包括人自身都是这些自我复制程序创造出来的精巧装置。

有关生物学的科幻

对基因特性有了深刻的认识之后，人类在对自身生命研究方面便大大进了一步。20世纪下半叶，人类开始分辨每个基因并判断其控制人体中的哪一种机能。只是我们目前还只能分辨人体大约10万个基因中的几千个。如果我们弄明白了所有这些基因的机制，那么，人类至少在理论上完全可能控制自己的进化方向，从而改变整个进化学说的基本面貌。

基因技术的进步，使我们在生物育种当中，可以混淆不同种属的基因，从而获得全新的遗传特性。转基因物种将成为一个巨大的谱系，越来越多地进入到我们的日常生活中。越来越多的转基因食品面世，又引发了人们对这种新型食品安全性的忧虑。基因技术使我们看到生物（包括人）整体无性繁殖和器官复制成为可能，引起了更多伦理上的冲击与思考。比如在20世纪最后两年中，从实验室走出来的克隆绵羊多利就在社会上引起了一场远远超出于生物工程学界的轩然大波。

在科幻作品中，赫胥黎的《美丽新世界》在基因理论尚未建立的时代，就对克隆技术大行其道的状况进行了展望。那种流水线方式生产没有个性的人类的方式使一个时代都显得冰冷而恐怖。这种科幻小说，当然不是坎贝尔式的科学预言故事，这是一种社会性的政治寓言，再往前一步，就是戈尔丁的《蝇王》与奥威尔的《1984》这样的科幻作品了。从这些科幻作品中，我们可以看出，人类在憧憬科学技术给我们一个美好未来的同时，也惧怕着一个我们因此不能确切把握的未来。

这种担忧，与其说是出于对科技进步的恐惧，不如说是基于对人性与社会制约机制的怀疑。

更多的时候，生物工程技术提供的依然是一幅乐观的图景。一个很快就会成为现实的例子就是用克隆的方式把一个生物体变成一个药物车间。美国科学家正尝试着改变传统的制药方式，他们的目标就是创建没有任何机械与化学设备的新概念制药厂。方法就是本文开头那位科学家从显微镜下看着奶牛的一个细胞开始的那种方法。

能量的故事

　　能，是我们身处的这个宇宙的一个方面。另一个方面是物质。物质是实体，推动物质运转的是能，物质与能相互作用，造就了宇宙的现状。这个二元论的概念是一个十分复杂的知识系统，这个概念的形成构成了科学史上许多引人入胜的伟大故事。

　　人类文明的初期，物体运动就使人们产生种种想象。古希腊人看到重物落地，认为在物体内部有一种"寻找自己位置的愿望"。亚里士多德认为是"永恒的动力"使行星不停运转。

　　今天的观念则认为，宇宙的演化与均衡，和它从大爆炸以来就一刻未停的膨胀，都是做功的能导演的魔法。自然界和我们的身体都在一刻不停地做功，耗用无穷无尽的巨大能量。

今天，人类对能源开发和社会文化发展间的重要意义已经有了非常深刻的认识。阿西莫夫向来把科幻小说看成未来的历史，所以，在他的名著"基地系列"中，就更多地参考了罗马帝国兴衰的模式。因为时代的变迁，帝国的建立需要仰仗大量的能源，就像古罗马帝国的扩张需要更多的战马与骑士。这个帝国的创立者是一位叫哈里·夏尔登的科学家，他手下的许多科学家都能制造出核桃般大小的核反应堆，他们在超时空旅行和作战时，随身都携带着威力无比的能量，因而显得十分强大。

历史中权力政治的模式不会有太多变化，科技发展给人类生活提供的可能性却会千变万化。

在人类历史上，最早利用的能源是水能。在现代汽车工业中，许多最重要的构件，比如齿轮、杠杆，都是作为重要的组成部分在古代水车上开始应用的。水车利用水流本身的力量，把水送到高处的地方进行灌溉；再后来，水被用来推动石磨。古希腊诗人甚至写诗歌颂彼时刚刚出现的水磨：

> 现在河口的仙女，
>
> 跳到了水车轮上，
>
> 轮子带动了转轴，
>
> 转轴又叫磨子歌唱！

后来，水磨又被用来研磨火药。这又是一种新能源了。

公元644年，波斯制造风车的匠人阿布·鲁鲁亚因行刺哈里发被捕，这是最早见于书面的有关风车的记载。在今天，在一些缺水或者像荷兰那样低海拔且临海的地方，风车仍是一种特别的文化景观。

在机械能的最初运用中，人类对能的一部分在做功时会变成热耗散掉这一特性缺少认识，所以，很多人都投身到永动机的研究当中。后来，人们才认识到，能量不可能被消灭，只能从一种形式转变为另一种形式。每一次转变都有部分能量变成无用的热散失到宇宙中。人类直到18世纪才认识到这一规律，这才明白若干世纪以来对永动机的研究完全是白费精力。

更间接更复杂利用能源的方式首推蒸汽机的发现。第一台蒸汽机出现于1712年的英国，一个名叫纽科门的人将这台烧煤做功的机器安装在科尼格尔煤矿坑口抽取井下的积水，这台机器吭吭哧哧地一直工作了三十多年。在科学史上，有很多张冠李戴的故事，一个流传甚广的故事说，瓦特从一把煮沸的茶壶得到启发发明了蒸汽机，但事实并非如此。瓦特对蒸汽机的贡献是提高了蒸汽机做功的效率。

1801年，意大利人伏打被拿破仑召到巴黎，演示最先出现的连续电源——电池。伏打制造出了最早的稳定的人工电流。看不见的电流作为一种新能源与水流非常相似，电子总是从数量多的地方向数量少的地方流动。电流就是努力把电子的不平衡拉平的电子运动，不平衡度的大小就叫电压。电子流动的压力单位用伏特来表示电子流动的数量。在一定直径的导线的横截面上，每秒钟通过6.242×10^{18}个电子就是1安培电流。伏特和安培是电流的两个测量单位。天空中闪电的每一次闪烁，电压可达到1亿伏特，电流则达到16万安培。

电在18世纪就进入了人类的日常生活。人们熟知富兰克林捕捉闪电里电流的故事，也熟知爱迪生等早期电器发明家的故事。但20世纪有关能源故事的最新版本的主人公是爱因斯坦、玻尔、奥本海姆这样一些物理学家。

在19世纪初，爱因斯坦已经建立一种理论，提出质—能守恒定律：物质等价于能量，并推出了他著名的公式：

$$E=MC^2$$

其中，E是能量，M是质量，C是光速。这个理论刚发表时，在科学界引起了广泛的争论。直到1932年，科学家们发现了一种后来命名为正电子的基本粒子，才印证了爱因斯坦质能相当的观点。根据爱因斯坦的这一质能转换公式，任何1磅（454克）重的物质，其静能完全转化为动能时将相当于：

110亿度电；

150亿马力小时；

可供一只电熨斗用100万年；

使一辆汽车绕地球行驶18万圈。

但是，人们始终没有找到释放出物质中这种理论上的蕴藏能量的方法。直到1945年，在科学史上，因一个单项课题而集中科学家最多的群体，终于从原子中释放出了令人目瞪口呆的能量。

1942年，物理学家费米实现了首次原子核链式反应，他的同事用几个英文单词打出了一个密码电话。他们说："这个意大利航海家已经登上了新世界。"这真是一项伟大的发现。1905年，爱因斯坦做出了少量物质可以产生巨大能量的预言，现在费米和他周围的科学家们，找到了打开物质的心脏——原子核的办法。如果说一颗原子有房间那么大，那么，原子核不过像其中的一粒沙子一样大。但是，这一小点物质依靠一种巨大的力量才结合在一起，这种力量是如此巨大，所以，原子核一旦被激发产生裂变，蕴蓄其中的能量就会爆发出来。

物理学家们发现铀的原子核分裂时产生新的中子，他们马上想到了用这些新的中子去轰击其他的原子核，而产生出链式反应。1945年，人类历史上第一个原子装置在美国新墨西哥州的沙漠中试验成功。与这个故事相关的两个名字是广岛与长崎：好战的日本被降下了天罚一般的夺目闪光。

原子弹是不加控制的核反应。

可控制的核反应提供的则是源源不绝的电力。

和战争时期产生的许多创造发明一样，核反应的巨大能量在炸弹爆炸中才可能得到完全的利用，冲击波、放射性和热。而在核能不被当成威力无比的炸弹时，人类却能利用其核裂变时的副产品。在可控的核反应堆中，人类唯一目的就是索取热，因为它可以将水变为蒸汽，驱动涡轮机产生源源不绝的动力。

最初的核反应堆果然被美国人安装到了第一艘核动力潜艇舡鱼号上。美国总统杜鲁门当时就预言：这将是供给工厂、农村及家庭用电的核发电厂的先驱。这个核反应堆仅有商业上所用的核发电厂中的反应堆的百分之一，但却使船只不再需要中途靠岸添加燃料，因而舡鱼号完成了人类首次在北冰洋冰下的巡航。舡鱼号的首次航行就远胜过凡尔纳笔下的同名潜艇，一口气航行了10万千米。舡鱼号上的反应堆一直稳定地工作，直到1979年退役。

1957年，世界上第一座核电厂在美国宾夕法尼亚的希平波特建成。这种反应堆的工作原理是，堆芯中不稳定的铀，在中子的轰击下开始分裂，产生新的中子和热量。这些新的中子又轰击和分裂处于链式反应中的其他铀原子。对核反应的控制是通过控制棒在堆芯中进出伸缩来实现的。控制棒用硼、镉和铪等材料制成。这些材料能吸收中子，使轰击铀原子的中子数量得到调节，从而使核裂变受到控制。

核反应堆的稳定与高效，促使了核电技术的飞速发展。到19世纪80年代中期，核电厂所提供的电力已经占了全世界发电量的五分之一。与此同时，人类鉴于核能的巨大破坏性，为核能的安全利用提供了有力的技术保障。

但任何事情都有例外，苏联切尔诺贝利核电站的核泄漏事故举世震惊，并在某种程度上触发了科幻作家的灵感。

在1998年风靡全球的大片《哥斯拉》中，怪兽哥斯拉登陆美洲时，曾使所有人束手无策。还是在切尔诺贝利研究核泄漏后的蚯蚓异变现象的科学家，将其与太平洋上的核试验和岛上的蜥蜴联系在一起时，人们才知道哥斯拉原来是核试验引起基因突变的蜥蜴。

核反应堆在越来越大型化的同时，也在往小型化方向发展。这种小型化的核发电装置，在地球和遥远的外太空有着非常广阔的应用前景。比如，放射性同位素衰变产生的热能，可供火星和月球上测量气象和导航的仪器用为动力。1969年，宇航员奥尔德林安放在月球上的月震仪就是利用了一个太阳能发电机和一个钚加热器。1977年，发射到外太空的宇宙探测器探险者号，考虑到其将进入阳光微弱的空间，太阳能发电装置将失去作用，三台各重38公斤的核发电机被安置在了探险者号上。到时候，飞船上所有的动力都是钚238衰变产生热能转换而成，这动力足以支持该探测器在黑暗空间里飞行十年时间。

核能的利用，为人类的能源利用开辟了一个广阔的前景，但是，世界上的能源消耗正以惊人的速度在增加。全世界都在渴望新的能源，许许多多的科学家都在致力于寻找新的能源。

我们的祖先在利用能源的时候，最先想到的是风与水，现在的科学家又重新想到了它们。当代人对这些自然力的认识已经深入了许多，科技条件也成熟了许多，所以，对于这些自然力的运用自然就进到了一个更新的层面。

比如考虑到水能的时候，人类已经把目光投向了波涛滚滚的大海。海洋波涛具有的能量是世界上所耗全部电能的几倍。早在20世纪60年代，法国就已经建成了潮汐发电站，还有一个想法是利用海洋温暖的表层水与深层冷水的温差来驱动海洋发电装置。

在从中世纪一步跨入现代的中国西藏，地热发电和太阳能利用已经到了决定百姓生活状态与质量的程度。

在这里需要指出的是，人类对太阳能利用的想象是一幅最为壮丽的图画，而远非几只太阳能灶那么简单。20世纪下半叶，当地球上的化石燃料一方面给环境造成巨大污染，一方面存储量又在迅速枯竭时，人们再一次打量太阳，发现太阳光可能会是最容易获得的也是最清洁的能源。根据科学家粗略的测算，每年落到地球表面的太阳光所包含的能量，等于全人类现在耗用能量的万倍以上。运用最多的是安放在各处的各种航天器上的太阳能电池，这些光电池所用的光敏材料（如硅和镉）可以将阳光直接转换成电能。

在地球表面利用太阳能，往往会受大气层中云雾的遮蔽。在大气层之外的地球轨道上，太阳发出的连续能量比在地球表面所能接受的高15倍。所以，有人预言，21世纪中期，在大气层外搜集的太阳能，可以供应世界所需电能的一半。科学家和科幻作家想象中的太阳能卫星电站，用几十亿个光电池组成太阳电池阵列，有几千米长，大得像一座城市。另一种办法是将太阳的热量聚集输送到高空卫星上的太阳炉，驱动涡轮发电机产生电能。

有了这样的发电站后，还会遇到一个能量的空间传输问题，无论采用上述两种构想的哪一种，最大的技术问题都需要将太阳能用微波的方式传送给地面几百千米宽的接收天线。然后，再把这些微波束转化成电能，供消费者使用。

在科幻作家的头脑中，人类获得真正的自由，除了挣脱思想与制度的束缚，在将来更为重要的是，挣脱能源的束缚。比如杰克·威廉森就幻想了一种建立在源源不竭而又极其廉价的反物质能源基础上的自由，他把这种自由命名为第五自由。

杰克·威廉森在《CT辐射》中虚构了另一部著作，主要探讨太阳系行星的能源问题，书名叫《无尽的能量》。这本虚构的书中说，鉴于太空中反物质差不多是取之不尽用之不竭的，而且，所有设备都将是自动运行的，整个能量供应能够真正做到免费。这样，就可以建立起来一种真正的能量自由即第五自由，"它能保护人类一直为之奋斗却屡遭失败的其他自由"。

当第五自由来到的时候，杰克·威廉森动情地描写道："反物质与物质强烈地反应着，詹金斯却看不到可怕的火光，听不到爆炸声。他成功了！反应场里巨大的能量正在转化成传导合金圈里静静流淌的电流。"书里的英雄人物尼克·詹金斯宣布："各行星的人们，无尽的能量正从我们的实验室流向整个太阳系，你们都能用简单的单极接收器从能量场中直接获得电能。"

一千年的文明

——世幻回眸

    我们将要回首的这一千年，是人类从时间长河中随意切取下来的一个段落。因为许多真切的事件而变成一个实在的时间单元。在历史上，人类还用别的方式划分过时间的单元。

    在中国，每个皇帝登基，就会开始一次用吉祥好词限制着的某某元年。现行的公元纪年尚未开始，中国就有秦王嬴政的始皇元年。这些纪年单元与个人的政治、与生物的命运相关，总不能如祈望中那样传诸久远。公元纪年施行了一千多年后，在我们中国，还有草草开始的光绪与宣统元年，即或到了民国时代，也还按照着这一惯例开始重新纪年。

国庆，过了一个漫长的假期，有暇看一部怀旧的电影《开国大典》。当中一个细节很有意思，革命成功的毛泽东那里来了一批故里乡亲，一到便问新国家的年号。革命者毛泽东答曰：我们采用公元纪年，今年是一千九百四十九年。乡亲赞同，说：这样好，这样好，听起来年头长。

在此之前，在中国从来没有过两位数以上的纪年，原因很简单，没有哪一个皇帝活过了一百个年头。

中华人民共和国采用公元纪年方式，与五四运动西风东渐，德先生与赛先生，即民主与科学的概念进入中国有关。行文至此，差点就等于说，公元纪年就是民主与科学了。但是考究一下公元的来历，其实与科学没有一点关联。

公元纪年是以一个名叫耶稣且没有父亲的男人出生在马槽的那个年头，作为时间和历史的起点。

确定这一起点的不是耶稣本人，而是赫赫有名的法兰克国王查理大帝。他选定这一时刻，主要是表示其宗教上的虔诚，绝不是视其为文明的开端。公元元年时，一个伟大文明的标志——罗马城，已经建成七百五十三年。在西文中，公元两字写为A.D.就是拉丁文Anno Domini的缩写，意思就是"主诞生之年"。公元纪年法随着基督教的传播很快覆盖了整个欧洲。

此后，东方与西方，仍然各自按照自己的方式进行纪年与思考。

据科幻作家阿西莫夫考证，公元1400年以后，公元纪年才随着用坚船利炮武装起来的西方探险家与殖民军向世界各个角落传播。由此看来，虽然公元纪年法的创立是因了致人蒙昧的宗教，却借了科学之力得以覆被四海。想想中央之国，如果没有黄毛蓝眼的夷人挟了坚船利炮前来叩关，用枪炮声动摇封建国体，并唤醒一代代知识阶层的良知，使其吸纳并传播科学民主思想，当罗马教堂敲响迎接第三个千年的钟声时，中国的统治者也许仍然沉浸在帝王的梦乡之中。

依了进化论的解释，人类用火与制造石器是当今文明的开端，这个起点，如果划分时间单元，距今天是很多个一千年。公元前8000年，也就是距今天整整一万年的时候，人类开始从狩猎采集向农业与畜养动物的转移。

公元前6000年，人类除了农耕之外开始建造城市，大量的陶器与纺织物出现在人们日常生活中。

公元前4000年，人类的工具开始从石器向金属器具的过渡。青铜时代的农具与兵器大量使用，宣告了石器时代的结束。这一时代，人类创造出一个全新的东西，轮子。据说，这种轮子是因为制陶的需要而发明的。今天，这种东西在各种机械中得到越来越广泛的运用。

公元前3000年，文字出现。有一个中国故事说，一个叫仓颉的人创造出汉字的时候，鬼神彻夜号哭。究其原因，是因为人类可以借助文字整理思想、传播智慧吧。而此后，中国传统中影响至大至深的儒家祖师孔子，就说了"敬鬼神而远之""子不语怪力乱神"之类的话。也就是说，有了文字，人越来越关心自己，而不再无条件地拜倒在鬼神脚下了。除了中国刻在甲骨上的象形文字，那一时期，一个重要的文字发明是苏美尔人的楔形文字，这种文字是刻在湿泥板上经过焙烧而得以保留下来的。

后来的进程，是铁器的出现、城市国家的出现，是现今仍在这个世界显得举足轻重的各种思想家以及基督教、伊斯兰教和佛教等宗教的出现。这期间，还有一个越来越频繁的主题：战争在国家与国家、宗教与宗教、民族与民族、统治者与统治者、统治者与被统治者之间此起彼伏，从不间断。直到我们需要重点回顾的即将过去的这一千年，基督教世界把目光转向了东方，并发动了十字军东征。十字军东征后的一个世纪，蒙古人成吉思汗的铁骑又踏上了欧洲土地。

我们即将告别的第二个一千年开始很长一段了，人类还在中世纪蒙昧的黑暗中，还没有看到科学与技术的光芒照亮前方。成吉思汗的西征，军事上的占领虽未能久远，却把中国文明中的所有先进技术传到了文化落后的欧洲。白种人好像对科学发明与创造有着更持久的激情。指南针在中国人手里，是风水先生手里的罗盘，到了欧洲人手里，却刺激了航海的野心；火药在中国发明出来之后，更多被用来制造自娱自乐的烟花与爆竹，在欧洲人手里，却制出了借助火药爆发力的大炮。从此，欧洲取得了探索外部世界与征服外部世界的能力。

今天和以后，我们的史学家还会考据并争论，中华民族四大发明应该从那一天算起，因为，我们往往会看到一个令历史学者们特别沉醉的句式：中国的什么什么比起外国早多少多少年。但对我们来说，中国的四大发明，传入欧洲以后，所发生的作用改变了世界文明的格局，并进而深刻影响世界历史进程的这一过程，却是发生在我们即将告别的这一千年中间。

得到指南针与火药以后，葡萄牙航海家一次次起锚扬帆，沿大西洋海岸南下探索非洲沿海，寻找一条不经过阿拉伯和中亚细亚的陆上通道，与远东进行直接贸易的可能航线。1497年，葡萄牙人终于绕过好望角到达印度。第一个因采用新技术而强大起来的殖民帝国出现在了世界上。

这期间，欧洲人在进行文艺复兴运动，中世纪的黑暗消失在人文精神的曙光下面。文艺复兴时代，意大利的佛罗伦萨成为欧洲新的雅典。著名画家达·芬奇就有很多关于机械的设计与构想，比如，他就曾参与到研究永动机的狂热中，他的许多构想都留下了具体的草图，其中最常见的一张，就是我们常用的Windows 98一幅直接命名为《达·芬奇》的桌面主题画面。

在葡萄牙人登上南亚次大陆的那一时期，波兰天文学家布鲁诺·哥白尼，他在肯定了古希腊天文学认为地球是一个球体的理念下，推翻了地心说，创立日心说。这一理论的提出，绝非对前人学说的小小修正，而是彻底改变了我们有关宇宙的观念。

文艺复兴运动后的15、16世纪是人类大发现、大觉醒的世纪。

遗憾的是，这个发现与觉醒，都发生在欧洲。而向世界贡献了四大发明的中国，却慢慢沉入了中央之国的可怕梦乡。东方雄狮入梦的时候，西方人却一次次扯起远航的帆索，向世界的每一个角落，向每一个可能蕴藏着巨大财富的地方出发。其中一个叫哥伦布的人的名字，我们已经非常熟悉。他受马可·波罗关于中国的游记的启发，实施自己横越大西洋直接到达亚洲的计划。哥伦布相信，只要航行3000多千米，他可能会到达亚洲，结果，历史的命运把他带到了新世界，即南北美洲大陆的结合部上。西班牙人从此建立起自己的世界帝国。美洲的发现即或对中国人来说，也是具有非常意义的，在我们生活中非常重要的农作物玉米与番薯，就是印第安人培植、在哥伦布发现美洲后传入中国的。

1519年，墨西哥的阿兹特克文明毁灭；1533年，南美安第斯山中的印加文明毁灭。技术赋予的力量，在人类历史中，写下了最令人发指的一页。

在此之后的欧洲，科学史上一些重要的人物开始出现。这是一个长长的名单，其中最重要的无疑是意大利人伽利略和英国爵士牛顿。

伽利略是世界上用自制望远镜观察天体的第一人。他证明地球围绕太阳旋转，用实际的观测结果支持了哥白尼的日心说，因而受到罗马教廷的审判。伽利略发现了木星的四颗卫星，他还通过物体由斜面向下滚动的试验来研究重力，或者说地球的引力。从伽利略开始，科学家们的抽象思维开始用具体的实验与观测来求得实证，所以，有人把实验与观测的手段的最初运用，当成现代科学的开端。所以，1609年，伽利略在把自制望远镜对准月球的那一刻，在人类文明史上，不只是一个起点，也是一个重要的转折点。

有了现代科学，人类在地球上开始自己为自己扮演上帝的角色。人类说，我们需要科学，科学与科学家就出现了。牛顿正是应了这时代声音出现的科学家中最杰出的一位，他是为现代科学打下最广泛基础的奠基人。

牛顿是物理学家、数学家和天文学家，他提出万有引力定律和力学三定律，他最先认识到普通的白光是由七彩的光所组成，他还开创了微积分学。

有了伽利略从哲学家抽象思维向科学家实证求真的过渡，有了牛顿为破解物质世界的基本法则所奠定的坚实基础，现代科技飞速进步，人类自己登上文明之车的操纵台并将其驶上了快车道，一条自动给予行驶者加速度的快车道。现在，已经有人开始担忧，这条道路可能没有减速装置，快捷的同时却带着使人类全体与车共同倾覆的危险。我们不能妄断这种危险，但明显地已经感到加速度所造成的巨大压力。爱因斯坦预言过这种加速度会带来巨大的压力，他当然是指物理上的压力，而我们更多关涉的是一个生存空间中的心理压力。

不能间断的技能学习一步步压缩着我们的精神空间，许多学者因此而惊呼人文精神与诗意的丧失。马克思学派坚持认为，发展生产力可以最大限度解放人类自己，我们想念马克思，但不知道这个美妙时刻会不会在下一个千年中人文精神与诗意完全丧失之前到来。

伽利略们和牛顿们之后，从神学束缚中解放出来的欧洲人，开始释放出强烈的探索精神，除了作为强悍而血腥的殖民者的面目出现在世界的各个角落，留在欧洲大陆的那些优秀分子，向物质世界内部所隐藏的秘密大规模进军。物质世界中所蕴藏的力与能开始大规模地释放出来。蒸汽机的出现标志了工业革命的开始。人类走向文明的第一步，是掌握了控制火与制造火的方法。蒸汽机的构想，却将火与水这两种绝不相容的东西结合到一起。人造的机器做功，产生出前所未有的巨大力量，使大规模的持续劳作成为人类文明中的全新景观。

这直接导致了工业革命的发生。

科学家在发现了水与火的妙用后，又相继发现了石油与电。在自然界中，能源要么蛰伏沉睡，要么无序而又强烈地释放，这种释放往往意味着自然界与身处其中的人类的一场灾难。但人类已经控制了水与火，现在又找到技术控制没有物质形体的电。使电产生是一种伟大的发现，使电变得像水流一样，沿一定的方向一定的流量流淌是更加伟大的发现。在电的发现与运用过程中，许多科学家做出了自己的贡献，尤以麦克斯韦和爱迪生，在公众中间最是耳熟能详。

有了煤炭、水蒸气、石油和电，工业时代便自然而然地来临了。

工业革命是一个复杂的过程，但从技术角度着眼，我们会看到两个鲜明的大字：机器。机器制造产品，更重要的标志是机器制造机器：火车、轮船、汽车、发电机、大炮。机器制造可以制造机器的机器。机器十倍百倍、千倍万倍地提高了生产能力。已有几十亿年生命历程的地球已经不年轻了，但机器的出现，使它呈现出一种无所不想、无所不能的青春期刚刚来到的面貌。今天，信息时代已经来临，但在地球上的大多数地方，仍然是工业革命的成果决定人们生活的基本景观。

工业革命时期，还有一个具有社会科学与自然科学双重意义的发现，这就是达尔文随远航船队在不同的生物圈进行研究而创立的进化论。达尔文的进化论继日心说以后，进一步从根本上动摇了宗教神学基础。这种影响导致了哲学上唯物学派的产生，再往后发展就是马克思主义和社会主义制度的出现。这是就其社会学意义上的影响而言，而在自然科学这一层面上，人不再是神的特别创造，而与猩猩有着相近的血缘。不同肤色的人，也是一种自然选择与进化的结果，而不是说某一种形象的人是上帝的优选。有了进化论，人类才会萌发人与自然之间、人与别类生物之间、人与人之间、文化与文化之间必须平等，来使世界保持美丽的均衡与对称的观念。

于是，才有了真正意义上的生物学。有了生物学，疾病不再是天谴，而是现形于显微镜下的细菌与病毒在作祟。于是，许多不治之症：黑死病、霍乱、天花、鼠疫和肺结核……人们才知其病因所在。

通过显微镜，人的双眼才步步深入生命体内部，发现了更多的秘密。17世纪时，英国人胡克发现并命名了细胞。然后人们在这个小得不能再小的生命基本单位中层层递进：细胞壁——细胞核——脱氧核糖核酸。发现遗传密码DNA，生物工程技术由此诞生。到20世纪末，一头无性繁殖的绵羊多利出生，使克隆这一音译的外语词汇成为一个普及程度最高、衍生意义最多的流行词。

向微观的物质世界深入的结果，还产生了一门新型的学科：化学。化学是实验的科学、分析的科学，所以，是一门绝对的现代科学。在普通人的心目中，化学与穿白大褂的人有关，与瓶瓶罐罐及很多实验室有关。而对上过中学化学课的人来说，化学就

124

是那一张元素周期表。对生活于17世纪的英国人波义耳，化学之塔的基础元素还是一个最抽象的概念，而两百年后的1869年，俄国人门捷列夫与德国人罗塔·迈尔几乎同时提出了化学元素周期律。根据这一周期律，伟大的门捷列夫还预言了许多尚未被发现的元素，他还有幸看见，他所预言过的新元素一一地被发现。

越来越精密的显微镜，越来越复杂的计算公式，在微观深处，不断确立着人类认识的新边疆。

同样是一凹一凸两片玻璃镜片构成的望远镜，一步步延展，不仅让人类看到了无限的空间，还让我们看到了过去的时间。于是，爱因斯坦在这一千年的最后一百年创立了他的相对论。从此，地球上叫作人的这种智慧生物知道，我们再不能做任何绝对与永恒的思考。于是，人类开始了缓慢而又坚定的太空探险。苏联向世界推出了第一个完成太空飞行的当代英雄加加林；美国人稍晚了一步，但却用阿波罗飞船把他们的宇航员送上了月球。这个世界的大多数人都看见过美国人阿姆斯特朗在月球荒凉的表面迈开第一步时，留在月球浮尘中那个清晰的脚印照片。这个时代的人永远都会记得，随着挑战者号航天飞机爆炸殒命太空的女教师麦考利夫留在新闻纸上的笑容。她去太空，是要站在一个最高、最昂贵的讲坛上，为她的学生上一堂最普通的科学课程。这种牺牲，可能是这个两千年留给我们的最后一个浪漫多于悲壮的死亡。

在实验科学时代，也有人思考世界时仍然依靠数学的抽象、哲学的抽象。

最伟大的代表是爱因斯坦。正是那种高度的抽象能力，使他创立了相对论，使他写出了那个著名的公式：$E=MC^2$。这时，人们为了战争，正在寻找更强力的杀伤武器。终于科学家在实验室中，用中子撞开原子核，原子核释放出了巨大的能量。二战将近结束时，原来分属于敌对双方的科学家们在美国聚到了一起，直接导致了在新墨西哥州的沙漠中第一颗原子弹爆炸，强烈的闪光与巨大的蘑菇云证实了爱因斯坦的预想。第二颗与第三颗原子弹爆炸在日本，两声巨响成为第二次世界大战的尾声。

发明了原子弹的爱因斯坦们又站出来，凭着人类的良知，反对核子武器。但核子武器的规模在扩展，数量在增加。

无独有偶，在19世纪这个一千年行将结束时，一个叫诺贝尔的家族发明了硝化甘油，发明了炸药。炸药在第一次世界大战与第二次世界大战中以及所有的局部战争中产生出巨大的破坏性。但这个家族的一个成员，在他生命的终点，却把因此获得的巨额财富，设立了一个包含多个学科的奖项：诺贝尔奖。其中最具政治性、最与炸药相对立的是诺贝尔和平奖。这个一千年行将结束时，这个奖项是一个令人鼓舞的话题，在下一个千年开始时的每一个年度，这个奖项的公布都会是公众一次不大不小的期盼。

而在这个一千年出现，更多地预示了人类在下一个千年里生存状况的发明是电脑与网络，这是一个越来越庞大的产业。电脑与网络大行其道，带来了工业革命后最重要的革命——信息革命。这个发明，还是一个伟大的昭示：公元后的第三个千年，献身于十字架上的基督不会复活，人类靠一种更空灵的存在救赎自己，那就是从硅片、从比特、从满天卫星支持的信息网络步入知识经济的时代。

消失的古大陆：亚特兰蒂斯

农场主匪夷所思的发现

20世纪，达尔文的进化论因为一系列考古发现而受到强烈的质疑。这其中就包括了考古学家梅斯泰尔博士的新发现。一次，美国内华达州的一个农场主突然跑到梅斯泰尔博士那里报告他奇特的新发现。

原来，农场主在他的土地上发现了一连串约30厘米长的足迹。这些足迹是一种叫角龙的恐龙留下的，这只角龙大约生活在一亿五千万年前侏罗纪时期的北美洲。恐龙化石的发现在地球上早已不是一件令人感到新奇的事情，更不要说一串恐龙足迹的化石了。但是，在这一现场的西侧，还发现一只5米长的穿山甲行走时留下的足迹。更让梅斯泰尔博士感到惊奇的是：一串显然属于人类赤足者的脚印横贯穿山甲留下的这串足迹。这些新发现留给梅斯泰尔的第一印象是：一只穿山甲从这里跑过去，后面有一个狩猎者在追踪它。对这些脚印的详尽分析排除了伪造的可能性。因为这些踩在软泥上石化后的脚印，保留着一些显著的特征：脚印深深地陷在泥地里，脚趾比脚跟陷得更深一些，脚趾间突出来的泥痕清晰可见。

接下来，有关机构对这些脚印进行放射性碳测试后证实，它们的年龄为一亿五千万年。考古鉴定专家确认，这一赤足者比较年轻，身高为1.8米，是一个经常赤脚走路的直立行走者。

这一发现，还让人想起一些科学界人士推断恐龙灭绝原因的另一种设想：它们是否被与其为邻并以猎获恐龙为生的人种所大批猎杀？

这样的考古新发现真是令人难以置信，如果有更多类似的证据出土的话，建立在达尔文进化论基础上有关人类起源的现存学说将被全部推翻。

　　而在我们这个世界上，总是有许多看似孤立，联系起来却显得意味深长的发现。

　　比如秘鲁小城伊卡的居民在城郊发现的"伊卡黑石"。

　　伊卡黑石通常只有拳头大小，最大重量却达到100千克。令人费解的是，这些伊卡黑石上雕刻的神秘画面：有的画面显示人或类人生物正在进行心脏手术；有的画面表现他们用望远镜遥望星空；还有的画面是他们骑坐在一些大穿山甲的背上四处游逛；更令人迷惑不解的画面是，一些人或类人生物乘坐一些古怪的飞行器遨游太空。秘鲁学者哈·卡勃雷收藏了大约2.5万枚伊卡黑石。

　　这些雕刻在伊卡黑石上的画面虽显得粗陋，但画意却明了易懂。有些画面很像是地球的东半球和西半球的地图。在这些地图上，不仅有今天已知的各大陆，还有像传说中的亚特兰蒂斯等消失的大陆与国度。这些伊卡黑石上的画面除地图外，还发现有骑着史前大象和多趾马的人的形象，这种多趾马是现代马最远古的祖先。"伊卡黑石还发现有这样的画面：骑者坐在一些巨大动物的脊背上，这些动物长着类似长颈鹿一样的头和脖子，它们的身体很像骆驼，这些巨大的古代动物早已在几百万年前就灭绝了。此外，还出现一些人正在猎杀恐龙的场面。"

考古学家认为，这些表现纯真、喻义深刻的石刻画是按一定的严格顺序排列的，它们以一个独特的大自然科学博物馆的风貌展现在现代人面前，它们成了地球上某一个伟大而古老的超级文明昔日辉煌的历史见证。

因为这些发现，人们不约而同地想起了希腊哲学家柏拉图描绘的亚特兰蒂斯古大陆。

柏拉图描绘的理想王国

亚特兰蒂斯在希腊神话中是海神波塞冬统治的一座岛屿。

希腊神话中说，这座岛屿被分割成十份，由波塞冬的五对双生子共同统治。长男亚特兰斯以盟主的身份成为王中之王。因此这座广大岛屿被命名为亚特兰蒂斯。

亚特兰蒂斯位于"海洛克斯之柱"（直布罗陀海峡）外的大西洋中，面积比北非和小亚细亚合起来还要宽广得多。其强大的权力则不仅限于周边的大西洋诸岛，还远达欧洲、非洲和美洲（真正的大陆）。

亚特兰蒂斯岛的海岸险峻，中央部位却有宽阔肥沃的平原，在距外海9千米处是首都波塞多尼亚。这座都市十分富裕繁华，其市中心有王宫和奉祀守护神波塞冬的壮丽神殿。另外，在波塞多尼亚的四周还建有三层的环状运河。最外侧的运河宽500米，可通行大型船只。这些运河都以宽100米的水路和外海衔接。

神殿是以黄金、白银、象牙或如火焰般闪闪发光名为"欧立哈坎"的金属装饰。岛上的所有建筑物都以当地开凿的白、黑、红色的石头建造，美丽而又壮观。

环状都市外有宽广的平原，四周为深30米、宽180米、全长达1800千米的沟渠所环绕，内侧的运河，则以每18千米纵横交错的方式围绕着，就好像是棋盘的格子一样地整齐方正。人们就用此水种植谷物和蔬菜，并用运河将产品搬运到消费地区。

在水路和海相接之处有3座港口。港口的附近密集地住着许多居民，从世界各地前来的船只和商人络绎不绝地往返于3座巨大港口之间，港口一带因此而昼夜喧嚣不已。

平原被分割成90 000个地区，每个地区设有一位指挥官。这位指挥官担负着调度一辆战车费用的六分之一、马两匹、骑兵两名、轻战车一台、步兵和驾驶者各一名的义务。除此之外，还能调度十二名战斗员和四名水兵。若将这些兵力加在一起，那么亚特兰蒂斯就能随时拥有一百八十万兵员的强大战斗力了。

拥有强大国力的亚特兰蒂斯，终于越过直布罗陀海峡，开始侵略别国了。

勇敢地抵抗亚特兰蒂斯进攻的是雅典人。雅典人在激战后，终于击退了亚特兰蒂斯军队，保障了国家的独立和人民的自由。但未知的悲惨命运立即发生了。

因为当时爆发了恐怖的地震和洪水，雅典的军队仅仅在"悲惨的一昼夜"间就陷入地中，而亚特兰蒂斯也陷没于海中并从地球上永远消失了。这是发生于距今一万两千年前的事。

这就是希腊的哲学家柏拉图在《迪迈斯》和《格利迪亚斯》中所描绘的亚特兰蒂斯的全貌。

这是柏拉图将希腊贤人之一的梭罗从埃及祭司那里听来的故事，写到自己的书里介绍给世人。

远古的大灾难

在中国古代神话中，海底有一座美丽的水晶宫，水晶宫里住着海龙王。在世界各地，也有不少类似的美妙传说。

通过一次次的探索发现，海底确实存在着一些现代科学还无法解释的史前古迹。例如，在秘鲁沿岸的水下2000米深处，潜水探险者们发现了雕刻石柱和巨大的建筑。这可能是一个文明世纪时代的大陆下沉被水淹没的结果。

每当人们在大西洋或附近什么地方发现史前文明的遗迹时，各种媒体便会不约而同地声称，这儿可能就是柏拉图所说的神秘消失的亚特兰蒂斯大陆。

　　令人称奇的是，柏拉图对亚特兰蒂斯的描述与目前所掌握的情况往往不谋而合。

　　无独有偶，中美洲有一个名叫霍皮斯的印第安部落。在他们的口头编年史里，记载着地球的三次特大灾难：第一次是火山爆发，第二次是地震以及地球脱离轴心后疯狂地旋转，第三次是一万两千年前的特大洪水。

　　虽然这是一个行将消亡的古老部落，但是他们对太阳系的了解，尤其是他们所说的地球脱离轴心这一说法，与天文学家休·奥金克洛斯·布朗提出的假设完全吻合。他认为假如地球两极中有一极的冰覆盖层重量突然变大，地球的旋转就会发生颤动，最后便离开轴心狂乱地转动。落后的霍皮斯部落关于太阳系的这种非凡的知识，使人们非常吃惊。

　　第三次灾难也是与事实吻合的。远在一万两千年以前，由于原因不明的气候突变，第三冰河期的冰川突然开始融化（据考察，第三冰河期融化初期的海水水位要比现在水位低200米），使得全球的水位骤然上升，淹没了大西洋、地中海、加勒比海与其他地区的陆地与岛屿，形成了海峡。后来，加上海底火山爆发，使部分陆地下沉，因而形成了世界性的特大洪水。这次洪水导致了各种各样与之有关的传说的产生，其中有许多传奇人物是众所周知的，例如，《圣经》中乘坐方舟的诺亚，印度史诗《玛哈帕腊达》中逃脱洪水灭顶之灾的佩斯巴斯巴达，哥伦比亚神话中在地球上挖洞才免遭被淹死的波希加，中国传说中治水的大禹……

今天的研究者们发现，柏拉图有关亚特兰蒂斯古大陆沉没的记载与上述传说也有着惊人的一致性。柏拉图说，亚特兰蒂斯是在一场前所未有的大地震和洪水之后，在"悲惨的一昼夜"间消失的。

如果这些传说不足以证明这场洪水确实存在过，那么，许多岩石却给我们提供了各种颇有说服力的证据。

岩石上的证据

苏联科学家在北大西洋的亚速尔群岛北部海中钻探，从2200米的深处取出不少岩石样本，经鉴定是在一万七千年前的空气中形成的。早在19世纪，人们在亚速尔群岛的海底疏浚工程中，从水下捞出一些玄武玻璃块，也是一种在大气中形成的玻璃化熔岩。

这种发现接连不断。

1956年，斯德哥尔摩国家博物馆的马莱斯博士等人，在北大西洋3600米处的硅藻土中发现了淡水。经研究，在一万两千年前，这儿还是一个陆地上的淡水湖。而在大西洋的另一边，有许多迹象表明，加勒比海一带曾经有过一个大陆，如今加勒比诸岛和安的列斯群岛就是这个大陆山峰未曾沉没的部分。著名的海洋学家布鲁斯·希岑博士在研究了从此处海底采集的岩石样本后说："这些浅色的花岗岩石证明了一个古老的传说，在加勒比海一侧曾经有过一个古代大陆。"

1968年以来，人们不断地在比米尼岛一带发现巨大的石头建筑群静卧在大洋底下，像是街道、码头、倒塌的城墙、门洞……今天的人们虽然还未考证出这些东西始于何年，但根据一些长在这些建筑上的红树根的化石，表明它们至少已经有一万两千年的历史了。这些海底建筑结构严密、气势雄伟，石砌的街道宽阔平坦，路面由一些长方形或正多边形的石块排列成各种图案。

1967年，美国的阿吕米诺号潜水艇在佛罗里达、佐治亚、南卡罗莱纳群岛沿岸执行任务时，曾发现一条海底马路。阿吕米诺号装上两个特殊的轮子之后，能像汽车奔驰在平坦的马路上一样前进。

1974年，苏联勇士号科学考察船，在直布罗陀海峡外侧的大西洋海底，成功地拍摄了8张海底照片。从照片中可以清楚地看出，除了腐烂的海草外，在海底山脉上还有古代城堡的墙壁和石头阶梯……这些照片足以证明，这里曾经是陆地，并且有人类居住过。

同时，美、法科学家在百慕大三角区的西部海域发现过巨大的海底金字塔，据测量，它的底边长300米，高200米，其塔尖距海面100米。研究表明，它比埃及金字塔还要古老。

　　所有这一切似乎都表明，曾经有过一个古代大陆以及文明社会被埋葬在大洋底下。然而这就产生了一个疑问：一万两千年前，难道人类文明就如此发达了吗？

传说中的文明城市

　　按照柏拉图所写的情节，埃及祭祀向梭罗说明，雅典人即使是对自己历史的了解也是零散和失真的。本来，雅典人在很久以前曾打败了亚特兰蒂斯人，并遏止亚特兰蒂斯民族向东扩张。雅典和亚特兰蒂斯都要比梭罗所了解的古老得多。事实上，早在梭罗所处时代的九千年前，这两个民族就已经十分繁荣兴旺。

　　亚特兰蒂斯也像大多数神秘事物一样，开始是以神话的形式出现的。当众神分配地球时，亚特兰蒂斯由大海和地震之神波塞冬负责掌管。当时亚特兰蒂斯已有人居住，波塞冬倾心于当地一名叫克莱托的妇女。她年方及笄，便与波塞冬同居。波塞冬考虑到他的凡间爱人的安全，在他俩安家的小山周围构筑了两道屏障和三条深沟，形成一个同心圆的保护。波塞冬和克莱托一共生育了五对双胞胎，都是儿子，他们最终成为亚特兰蒂斯的十位国王。波塞冬将疆土分封给他们，十位国王结成联邦进行统治。长子亚特兰斯为十王之首，亚特兰蒂斯便由他的名字衍生而来。

《克里提亚斯篇》中更提到亚特兰蒂斯文化和社会的许多具体方面，那里有鲜明的社会阶级划分和劳动分工，是埃及和雅典人的对手，是一个军事强国。其农业高度组织化，适宜的土壤和水利灌溉可以保证每年获得两次收成。柏拉图提到的"碑文资料"说明亚特兰蒂斯人已有系统的文字，已会使用贵重金属（金、银、铜和锡）及合金（青铜和古代的一种黄的合金）。此外，亚特兰蒂斯还构筑纪念性的建筑。白、黑、红石块构成的巨石建筑，至少可以与迈锡尼人建筑的巨型建筑相媲美。富裕和文明礼貌——这就是青铜时代的亚特兰蒂斯的特征。

柏拉图作品中的亚特兰蒂斯，实际上是一群岛屿。虽然他主要谈的是最大的岛屿，但他的地理图表明若干岛屿是相互联系并由联邦所统辖的，克莱托和波塞冬居住的小山就在柏拉图称为"古代母城"的最中心。亚特兰蒂斯人在这里为克莱托和波塞冬修建了一座宫殿和庙堂。三圈深水沟上架起了桥梁，一条行船的小道沟通了外海。根据这一描述我们可以推断，古代的母城大体上是一个圆形岛屿，其直径约为19千米。

柏拉图的代言人克里提亚斯在描述了亚特兰蒂斯的古代母城之后，又告诉我们这个"国家其余部分"的情况。他说道，这一岛屿高高的屹立在海上，大部分岛屿为一矩形平地，周围环绕着山脉，平地面积约为340千米×227千米，约相当于美国艾奥瓦州的大小。

原文上的不一致和多种解释使我们得出一个结论：亚特兰蒂斯王国并不是前面所说的古代母城。由于有十个这样的王国，我们可以估算，亚特兰蒂斯的大小大约10倍于上述的面积，或者说约为207万平方千米。

20世纪早期，人们对现已消失的亚特兰蒂斯的科学水平做了过分断言，不过从柏拉图的叙述我们可以得出结论：假定亚特兰蒂斯的确存在过，那么它是个青铜时代高度文明的古国。亚特兰蒂斯一直繁荣昌盛到公元前9600年，那时它在一昼夜间沉没了。

现代考古学告诉我们，一万两千年以前还不存在青铜时代的文明；也根本没有地质资料证明大西洋中有一块沉没了的巨大陆地。对亚特兰蒂斯的任何推测必须合理地解释这两项矛盾。古希腊人并没有因为这些看法而为难，但许多人，包括亚里士多德，都怀疑柏拉图所说的亚特兰蒂斯的真实存在。

在相信亚特兰蒂斯存在的科学家没有发现更多更有说服力的证据之前，在反对亚特兰蒂斯假说的科学家没有完全令人信服的做出证伪的工作之前；在信息时代，正在获得越来越多的混淆不清证据的人们，对人类文明、对现阶段人类文明抱有更多希望与想象的人们，都会始终在心中保持这样一个疑问：亚特兰蒂斯曾经是一个真实的存在吗？

捕捉遥远星光

夜空中的星星从不断绝，

但却不是原来的星星了。

在天空中闪耀着的星星，

有的消失有的诞生，

从未尝试过长久停留。

这不是诗人在感叹世事无常，而是当今一位天文学家的感慨。人类最先通过望远镜把目光投向星空时，是想明了地球在太空中所处的位置。但是，很快，人们便在星空中发现了更多的秘密。这些秘密促使人们开始考虑宇宙本身的历史与由来。在这个转折期中，一个重要的人物是美国天文学家哈勃。他是最早观测并确认银河系外还有天体存在的天文学家之一，也是最早提供了宇宙膨胀实测证据的第一人。在已经过去的伟大的20世纪，哈勃们还用满布天幕的星光，建立起了我们对于时间，特别是过去时间的直接观念。为了纪念哈勃，20世纪末一项最具野心的天文计划，便冠上了哈勃的名字。1990年4月24日，美国佛罗里达州卡拉维拉尔角，发现号航天飞机静静地竖立在发射架上。装载着最新型的观测宇宙的眼睛——哈勃太空望远镜的发现号航天飞机即将升空。

这个时刻，距当初预计的哈勃太空望远镜升空的时间已过去了九年。如果算上哈勃太空望远镜本身的设计与制造，这个过程则长达十五年。在人类的认识水平一日千里的时代，十五年已经是一段相当漫长的时间。

美国国会早在1977年就通过了有关哈勃太空望远镜的财务预算。科学家们预计，哈勃将于1981年升入太空，在不受大气干扰的情形下去发现隐藏在浩瀚宇宙中众多的秘密。乐观的设计者们大大低估了建造这架望远镜所需要的时间，仅是用手工研磨巨大的主镜片便用去了整整五年。

于是，望远镜的升空时间推延至1983年，后来又因为电脑程序错误延迟至1985年。

人们已经习惯了把延迟发射的消息与哈勃望远镜联系在一起。果然，到了预计的发射期，升空日期再次推迟至1986年。1986年8月，因为临时追加的一些必要测试，发射日期又推迟到10月。人们再也想不出什么理由使哈勃的升空再行延迟了。

就在这个时候，挑战者号航天飞机的爆炸事故，使美国所有的太空计划都搁置下来，这一停顿便是两年半时间。随着所有航天计划的修改，哈勃望远镜发射升空的日子再一次修改为1989年6月，这个日子到来的时候，人们并没有看到航天飞机竖立在发射架上。人们被告知，发射时间又一次修改。这次，哈勃进入太空的时间定在了1990年2月。最后，在1990年4月10日，装载着哈勃望远镜的航天飞机再次竖立在发射架上。但在发射前五分钟，发现油压系统的辅助装置有运转不良的现象，发射前最后一分钟，升空计划被中止。两千余名屏息等待的科学家的希望再次变成了深深的失望。

哈勃还未升空，便成了一部典型的科学教程，一次失败接着一次失败。每一次失败之后，人们能够告诉自己的就是，我们离成功又近了一点。在人类的文明构成中，除了科学，似乎没有别的事业能够经历如此众多的失败。

1990年4月24日，花费了科学家们九年精力以及7亿美元的巨资，装载着哈勃太空望远镜的发现号航天飞机顺利地升入了太空。

大气层保护着地球上的生灵，同时，又遮蔽着人类投向宇宙的目光。科学家们把一台大口径的天文望远镜送入太空，就是为了突破大气层对光线的屏蔽，观测到更遥远的天体，探索宇宙早期的模样，进而判定出宇宙的年龄。但是，发射期一共延迟了九年之久的哈勃真的能够完成这样的使命吗？

也许，任何一个将会使人类认识水平得到革命性提升的科学突破，都必须付出更大的代价。在哈勃的故事里，这个代价不只是通过国会批准而耗费大量的纳税人的美元，更大的考验还在于，科学家们的信念是否足够坚定，公众和政治家们对这一项目是否具有足够的理解和耐心。

升空一个月后，哈勃在地面遥控下开始工作。一个意想不到的悲剧性的结果呈现在人们面前：哈勃拍摄的天体照片都模糊不清，其解析度只能达到设计指数的二十分之一。哈勃望远镜设计者之一威廉·鲍姆说："我们事先针对哈勃所可能产生的各种问题进行了模拟演习，万万没有想到球面像差问题的产生，因为这个问题太基本了，连做梦都没有想到会有这种事情。"

球面像差，是指反射到主镜面上的光线无法聚焦的现象。这是早在伽利略和牛顿的时代就已经被认识并找到了克服方法的问题。哈勃太空望远镜主镜片的直径为2.4米，这块镜片磨制出来后，其边缘出现了0.002厘米误差，使进入哈勃的光线产生了5厘米左右的扩散，所有星星都成为模糊的光团。

人们普遍认为，天文学家们浪费纳税人的大笔税金，发射上天的只是一个造价昂贵的太空垃圾。科学家们在自身与外界所施加的重重压力下进行最后的努力，发现进入哈勃的光线的15%可以聚焦，便尽量利用从这点光线中采撷到的观测成果，来缓解外界的压力，并以此来支撑这个群体本身的自信心。球面像差不是哈勃唯一的问题，其中最突出的一个问题与太阳能电池板有关。哈勃太空望远镜每九十六分钟绕行地球一圈，其中有一半时间会处在地球的阴影里。在太空环境中，受阳光照射与不受阳光照射两者之间有着极大的温差。太阳能电池板便无休止地因温度急剧下降而收缩，又在阳光照耀下因温度急剧上升而膨胀。膨胀过程引起太阳能电池板长达数分钟的振动，从而带动整架望远镜剧烈摇晃，从而使剩下的那15%镜面也无法拍到清晰的照片。

还有一个更大的问题，是控制哈勃飞行姿态并保持其稳定的陀螺仪。哈勃上装有6个陀螺仪，使用3个，3个作为备用。到1992年底，3个备用陀螺仪已全部启用，如果再有一个陀螺仪出现故障，哈勃的飞行姿势便无法控制了。

拯救哈勃的太空行动势在必行。

1993年12月2日下午4点27分，奋进号航天飞机从肯尼迪航天中心发射升空。机上搭载了七名宇航员和一些必要的设备上天，对哈勃望远镜进行维修。

奋进号升空的第三天，便用机械手将哈勃回收进开放式的货舱中。然后，宇航员们分组进行太空行走。第一项工作是更换陀螺仪。尽管在地面时，便预想了可能出现的种种问题，但人的预想能力终究有限，人们没有想到金属热胀冷缩的特性，使得收藏陀螺仪的舱门无法关闭。最终费尽九牛二虎之力，在即将宣布放弃之时，才将舱门关上。

第二项工作是更换太阳能电池板。

第三天，宇航员为哈勃望远镜更换广角行星照相机，以及一套能修正主镜面球面像差的COSTAR装置。有科学家比喻说，这好比为哈勃散光的眼睛加上一副隐形眼镜。1993年12月10日，维修工作完成，哈勃太空望远镜被释放出航天飞机，回到了自己的轨道。

太空总署的发言人宣布："维修小组终于完成了病人的眼部手术，但大约还要等六到八周，才能将眼部的绷带拆下来检查视力。"但等待太久的天文学家们再也不愿意忍受漫长的等待，12月31日，哈勃被启动，镜头对准了位于室女座的M100的涡旋星系。这是一个距离地球数千万光年的星系，通过哈勃这只眼睛看去，其清晰程度好像离我们只有30光年。这一次，哈勃终于使太空总署的发言人感到骄傲："拆除绷带的时间比预定的还早。我们的病人已经能够以惊人的清晰度看见物体。哈勃在戴上隐形眼镜之后，不但恢复到设计水平，甚至比原来设计得更棒。"

人类借由光线来辨识宇宙中的天体。

光线一年前进9.5兆千米，这便是一个光年。光年即是空间的距离，也是时间的距离。距离我们最近的恒星有4.3光年。距离我们最近的仙女座星系发出来的光要过220万年才能到达地球。也就是说，我们看到这个星系的时候，其实是看到这个星系220万年前的模样。宇宙如此深广，使我们得以看到过去的时间。

正是广大空间中体现出来的这种时间特性，使我们看得越远，便越有可能看到宇宙的边缘，看到宇宙的起源。

据说，天文学家哈勃在观察星空时常常说："真想拍摄到与银河系一样的星系。"那是20世纪初叶，而在20世纪最后的十年里，以他的名字命名的太空望远镜，终于达成了他的梦想。

1995年12月，哈勃将焦距对准北斗七星附近一块极为狭窄的领域，并连续进行了十天的观察与拍摄，通常，相似的观测不超过一天。其目的，就是想要尽可能看到宇宙最深远的景象。在这次拍下的最深宇宙图像照片中，呈现出1500—2000个的星系。根据这个观测结果来推算，宇宙比此前所预计的要扩大5倍之多。

哈勃还为天文学家们提供了另一个机会，即通过对不同演化期的星体的观测，看到太阳及其行星的过去与将来。哈勃望远镜在这些年里，已经拍摄了许多星体从诞生到死亡的图片，这些图片连接起来，就成了星星整个一生的历史。于是，我们也就看见了太阳系一生的历史。

1997年以来，哈勃相继又有3个陀螺仪发生故障，据说故障原因可能是因为线路腐蚀生锈。1999年11月13日，它的第4个陀螺仪又出现问题，望远镜上的电脑马上发现了故障，并指令望远镜的孔径门立即关闭，停止工作。

是年12月19日，美国发现号航天飞机又升空了，其主要使命便是修理这个多病的千里眼。宇航员通过太空行走不仅为望远镜更换了6个新的陀螺仪，而且安装了新的神经系统——一台486电脑。与原来的386相比，哈勃神经中心的速度提高了20倍，记忆能力也增强了6倍，可以提高哈勃望远镜跟踪活动目标的能力和瞄准能力。也许读者会问，为什么不加装一台功能更强的电脑呢？答案非常简单，哈勃上的太阳能电池板供电有限，不能支持功能更为强大的电脑。

宇航员们还为哈勃太空望远镜安装了3个导航传感器，这种像冰箱一样大的装置能够帮助望远镜瞄准遥远的天体或星系。他们还为哈勃安装了一个新的无线电收发报机、数据记录器和一个用来保护其免受太阳辐射损伤的钢铁外罩。

哈勃在20世纪末最后十年运行于太空，所提供的宇宙图像，极大地拓展了人类在宇宙中的认知范围，我们也有理由期待，在新世纪最初的十年中，在它于2010年达到设计寿命之前，它又将为满怀希望的人类提供什么样的宇宙图景呢？

创世纪时，上帝说，要有光，于是，光便以瑰丽的笔触勾勒了世界。

现在，科学说，看见光，因为看见光才能看见世界。于是，我们知道，哈勃所捕捉到的遥远星光，就是我们所知的宇宙的最新边疆。

美丽的陨落

告别和平号

如果计算没有错误，也没有更新的计划出笼，20世纪人类最重要的航天成果之一，俄罗斯和平号轨道空间站，将沿着人们设计好的路线，脱离太空轨道，于2000年4月进入大气层。也就是说，这个太空漂浮之城雏形的一些部分，将在大气层中烧毁，还有一些部分，将坠入太平洋，以美丽的燃烧与悲壮的坠落，结束它十三年光荣的太空之旅。

1999年8月28日，最后一个离开和平号轨道站的宇航员阿法纳斯耶夫说："我们的心里充满了忧伤，我们带着一颗破碎的心离开，我们失去了俄罗斯的一片骨肉，我们抛弃了我们空间建设的一个骄傲。"宇航员流露出这样的心情是可以理解的。浩瀚冰冷的太空中，那里曾是他们唯一安全而且温暖的太空之家。而现在，太空站里所有那些已经老旧的设备都已经一一关闭，灯光从对接到一起的联盟号飞船上照进来。随着一道道舱门合拢的声音，永远寂静地留在了那些曾经静静进行科学实验、那些因为太空站历险而令人惊心动魄的空间。两名俄罗斯宇航员和一名法国宇航员，他们是和平号上最后一个宇航员工作小组。虽然按计划，到2000年2月，还将有一个宇航小组登上和平号，而他们唯一的使命就是使和平号脱离轨道，进入大气层，最后在太平洋上开出怅然的美丽水花。

告别总是艰难的，何况是永远的告别。

"每当一个宇航员小组离开和平号时，总会感到些许的忧伤。但这一组离开时，并不仅仅是忧伤那么简单了。要知道，他们清空了太空站。而以前是走了一组，他们知道，还会再来一组。"空间站地面指挥中心的一位科学家说的是宇航员的心情，也是他自己的心声。

曾被邀请来中国的美国女宇航员香侬·露西德曾在和平号上工作过六个月时间，她也流露出了深重的依恋之情，话也说得中肯而公允："当你离开一个待了比较长时间的地方的时候，你当然急着要赶回家，但是你会感到有一点悲伤。每次我一想到和平号要进入大气层燃烧，我心里就非常难过。它是人类太空旅行一个重要的历史部分。当它开始坠落的时候，我一定会有挫败感。"

这些日子，我时常抬头望望天空，虽然我知道这个人造天体是不能用肉眼看见的。

新闻界总是要说不的，而且总是摆出一种全知全能的角度说不。过去是上帝有这个权利，而今天，小说家在自己虚构世界里的全知全能的角色也正被读者唾弃，新闻界却常常不合时宜地出来充任这种角色。

俄罗斯报纸就反复呼吁要让这个太空站继续工

作。因为"要拯救它仍然是有可能性的"。报纸不会提出可能性所在，报纸不会关心技术上的可能性与操作的细节，而科学家们必须有足够的理由与信心，宇航员也需要足够的安全系数。而在此之前，和平号上传来许多使我们牵挂起那些孤独的宇航员生命的不祥消息，也全都是从新闻媒体上传播到全世界的。那时的媒体是悲观的，甚至是耸人听闻和幸灾乐祸的。好像媒体的天性总是如女巫一样唯恐天下不乱。那时，媒体总是告诉我们说：看，和平号发生大火了；看，和平号对接错误，被撞得面目全非了。现在，和平号要悲壮陨落了，媒体又以正义的口吻、同情的口吻想同时充当上帝与天使的双重角色。

和平号是要悲壮地陨落了。

因为大家都知道，和平号的寿命终究会有一个极限。如果苏联还存在，在它庞大的空间计划中，和平号也不过是再运行两三年时间。而现在俄罗斯航天部门得到的拨款还不到苏联时代的五分之一，根本无法应付和平号每年2.5亿美元左右的运行与维修费用。对于俄罗斯那些生活困窘的老百姓来说，虽然和平号上进行了上千次的科学实验，但他们想问的是，这又给我们的生活带来了什么实惠呢？而俄罗斯的航天专家们则主张，应该再给和平号一次机会，如果到2000年2月前还不能解决资金问题，再派两名宇航员最后一次登上和平号，帮助其改变运行轨道，坠入大气层。于是，俄罗斯航天部门派人四处活动，甚至杜马议员也帮助游说，但一个名叫"诉诸公众"的争取大众支持的活动效果不佳。后来，一位电影导演提出赞助，但最后，电影赞助商没有掏出承诺的1亿美元。而现在的问题是：连最后发射一组宇航员去改变和平号轨道都没有钱。

其使命结束的时候，一个美国牵头，有着更广泛国际合作背景的、更为庞大的国际空间计划已经开始实施。

太空站简史

冷战时期，苏美两国在太空竞赛中，总是各占先机。

苏联率先发射了第一颗人造卫星，又在载人航天飞行上赢得了先行者地位。在航天器探测火星的行动中，美国人取得了丰硕的成果；而苏联的航天器，却消失在茫茫的火星尘暴中间。后来，美国人利用土星系列火箭的强大推力，实施阿波罗计划，数次把宇航员送上月球，更在全世界面前出尽了风头。

苏联又在空间站的建造上挽回了颜面。

1971年4月19日，一枚质子号火箭从拜科努尔航天中心升空，把世界上第一座试验性空间站礼炮1号送入了地球轨道。空间站之所以命名为"礼炮"，寄寓了纪念加加林首次太空飞行十周年的意思在里面。礼炮1号长13米，最大直径4米，由工作舱、对接过渡舱和服务舱三部分组成。礼炮1号发射升空四天后，载有三名宇航员的联盟号飞船升空，与礼炮1号对接成功。但宇航员无论如何也打不开礼炮1号的舱门，在联合飞行了五个多小时后，联盟号只好返回地面。一个多月后，联盟号再次起飞。这回，三名宇航员打开了舱门，进入了礼炮1号圆筒状的舱室。那时，苏联电视台每天都有格奥尔基·多勃罗沃利斯基等三人在空间站工作生活情况的实况画面。只是那时中国的电视时代尚未到来，加上中苏两国处于全方位的对立状态，中国公众对这些情况基本没有了解。三名宇航员在空间站中工作了二十三天，进行了天文观测、生物医学实验和远距离摄影。

但是，悲剧却在宇航员们乘联盟11号飞船返回地球时发生了。

联盟11号脱离空间站，点火进入大气层后，便与地面指挥中心失去了通信联络。当飞船软着陆于哈萨克斯坦的草原上时，人们发现三名宇航员坐在座位上，身旁放着工作日志、实验资料、装着生物标本的容器……人们难以相信，三位面容安详的宇航员已经停止了呼吸。最后的调查结果证明，事故的原因是飞船座舱的密封出了问题，使舱内气压急剧下降，宇航员因缺氧，体内血压急剧升高，血液突然冲入大脑，引起脑血栓而死亡。科学家认为，是舱内一个阀门漏气，使座舱在一分钟内失去了维生所需的宝贵空气，而宇航员要拧紧这个阀门，最快也需要两分钟时间！这和后来美国的挑战者号航天飞机爆炸一样，都是因为小小的缺陷而造成的巨大悲剧。

到1982年为止，苏联一共发射了7个礼炮号空间站。

后期的礼炮号空间站有了很大改进，并设有两个对接舱口，可同时接靠两艘飞船。客船是联盟号，载来一批又一批的宇航员，货船则是进步号飞船，运来食品、燃料、水和氧气等维生的必需品。其中仅礼炮6号便先后有16艘联盟号飞船和12艘货船，共有16批三十三名宇航员在空间站工作。

正是在礼炮号空间站取得丰富经验的基础上，新一代的空间站和平号应运而生。其设计思想，就是一步步靠近太空科学家们"长寿命轨道联合体"的构想。和平号主体由工作舱、过渡舱和非密封舱组成。对接口也由礼炮号的两个发展为6个。从而在保证了载人飞船与货运飞船的停靠外，还可以并联4个专用舱，从而组装成一个大型的轨道联合体。使更多的科学实验项目得以在上面展开。

和平号发射升空的时间是1986年3月13日；而就在此前不久，1月28日，太空征服史上另一个重大的悲剧刚刚在美国卡拉维拉尔角上演。挑战者号爆炸，七名宇航员捐躯太空，价值12亿美元的航天飞机化成了一堆碎片。于是，和平号空间站的成功发射，更让苏联挣足了脸面。

这次悲剧也像礼炮1号空间站宇航员返程事故一样，也是由于设计上的一个小小缺陷，一只经不起严寒的橡胶垫圈！

和平号上的科学生活

1997年夏，北京—成都。

笔者认识了两名来自美国航空航天局的宇航员，罗斯上校和露西德博士。将来关于人类"长寿命轨道联合体"的发展史上，必定书写上他们两个的名字。

90年代初，随着铁幕落下，冷战结束。美俄两个空间巨人应在人类进入太空的宏大计划中加强合作。这就是现在已经开始实施，并有更多国家参与的阿尔法国际空间站计划。罗斯上校告诉我，他回到美国后，将投入长期的训练，并作为组装国际太空站的首批太空工程师升空作业。1998年11月，科幻作家赫尔女士给我们发来电子邮件，告诉我们她到发射现场送罗斯上校所乘航天飞机升空时的壮丽景象。

美俄之间的上述合作计划的第一阶段却是从和平号开始的，也就是美国航天飞机与和平号空间站的合作，以及美国等西方国家宇航员与俄罗斯宇航员一起在空间站上并肩工作。美国在向俄罗斯方面提供了巨额的财政补偿后，美国航空航天局定期飞向和平号，每个宇航员都在和平号上待几个月时间，进行科学实验。美国人这样做的一个重要目的，就是学会与俄国人合作，积累长期空间飞行经验，以保证在国际空间站计划正式实施时的合作顺畅。

1996年3月22日，露西德女士乘亚特兰蒂斯号航天飞机升空，三天后与和平号对接，开始了她四个月的太空科学生活。露西德女士说："我把和平号的飞行使命看作集两大爱好——飞行和进行科学实验为一体的极好机会。我20岁时就获得了私人飞行执照，从那以后，一直在坚持飞行。而在成为宇航员之前，我已经是一位生物化学家。早在1973年，我就从俄克拉荷马大学获得了博士学位。对于一个酷爱飞行的科学家来说，有什么能比在以每小时27 000千米的速度飞行的实验室中工作更激动人心的呢？"虽然说，在此之前，她已经具有了4次在航天飞机上的太空生活经验。

露西德博士说她在和平号上的最初日子被用来深入了解两个飞行伙伴，俄罗斯宇航员奥努佛里延科和乌萨乔夫，并用突击学习的俄语与他们交流。她最初的日子也用来探查空间站的布局。

她说，和平号空间站是组合式结构，整个空间站是分阶段建成的。这一点，罗斯上校作为首发的阿尔法国际空间站的建造也沿用了。

和平号空间的第一部分基座舱于1986年升空，其座舱一头，是转换舱，它所起的作用有点像住房的门厅，但形状不是一个长长的走廊，而是一个有着6个对接舱口的球状体。1987年，量子1号舱升空与基座舱对接，量子1号舱有一个对接口，专供进步号货运飞船停靠。而以后相继升空的量子2号舱、晶体舱和光谱舱都与转换舱对接。最后一个舱自然号与转换舱对接是1996年，露西德博士的科学实验大都是在自然舱里进行的。她不无幽默地说："我把自己的私人物品都放在光谱舱内，并且每天晚上都在那里睡觉。我上班的路途很短，几秒钟之内，我就能从一个舱飘到另一个舱去。"

露西德博士还为我开出一张工作生活日程表。

莫斯科时间早8点，起床铃响。二十分钟内，三名宇航员穿好衣服，并做当天工作的准备。第一件事情是戴上耳机，与地面指挥所交谈。

然后，在基座舱内吃早饭。

白天的大部分时间，露西德都用来进行科学实验。为了防止在微重力状态下肌肉萎缩，在午饭前要进行四十五分钟的体育锻炼：在人力踏车上跑步和绷拉橡皮筋。

午餐。

继续工作。

茶会。晚餐。

最后一次与地面中心通话。

晚上10点左右，回各自的舱室，飘进睡袋里，对自己说一声晚安。露西德博士的第一项科学实验是观察已受精的鹌鹑卵胚胎的发育情况。这些受精卵一共有30只，她将它们放在孵卵器中，在接下来的十六天时间中，又将其取出来，把发育中的胚胎放入多聚醛固定溶液中，以固定胚胎供日后分析之用。其目的是将其带回与地球上的胚胎进行对照研究。结果证明，和平号上的胚胎畸变率为13%，为地球对照组的4倍。

她的第二项科学实验是在晶体号舱的温室中种植小麦。许多科学家都想知道，在微重力条件下，麦种将如何生长和成熟。这项实验还有一个潜在的用途，为将来的长距离太空飞行生产氧气与食物。露西德博士把麦种播撒在一种叫作沸石的有吸收力的颗粒性材料中，并用计算机程序调控小麦生长所需的光线与水分。她还每天给小麦拍照，留下生长过程的全套资料。麦子播种四十天后，露西德博士高兴地看到茎顶端麦穗露头。这项实验是一个长期项目，中途露西德回到地面。又过了几个月，接替她的宇航员约翰·布哈拉把300多个麦穗带回地面。但里面却空空如也没有一粒种子，也就是说，麦子没有能够自我授粉。但是后来，另一个宇航员在和平号上种植油菜，却又能成功地授粉。

此外，她还进行了多项物理学与医学实验。也许有读者会问，从事这么多学科的研究，宇航员们都是一些全能型的科学家吗？答案当然是否定的。露西德博士说："我在每项实验中所起的作用就是执行舱上程序。获得的数据和样品送回地球的主要研究人员那里，以供分析和发表。"

露西德博士的太空之旅原定于1996年8月结束，但是因为航天飞机固体燃料助推器出现一些异常情况，不能准时前来接应。她的返程时间推迟了六个星期。因为这一特殊事故，露西德成了当时美国在太空连续生活最长久的宇航员，这个纪录是一百八十八天。

和平号在其绕着地球轨道飞行的十三年里，共接待了26支科学实验队伍，共103人。进行了16 500次科学实验。

作者补记：

这篇文章发表的时候，所有拯救计划可能都只是一纸空文，和平号已经或者即将坠入太平洋，它在太空探索中的位置也将由阿尔法国际空间站所取代。但是，在4月的那些日子里，我会不停地仰望夜空，我想看到它的金属躯体与大气摩擦所生出的灿烂光华。

最近又有消息说，俄罗斯有关部门得到一个外国公司数千万美元赞助，和平号将在原定坠落的时间重新启动，运行到2000年10月。但10月以后呢？

让岩石告诉我们（上）

——科学故事

　　未来，作为正在发生的历史，可以用文字和别的方式记录下来，比如，在各种博物馆中陈列的实物，或者大量的数字式的音像材料。也许，到了不远的将来，我们甚至能把事件正在发生时的很多感觉都保存下来，比如触觉与气味之类，科学使我们相信这一切并不是遥不可及的梦想。

　　人类是喜欢回顾来路的，这条来路便是成为过去的历史。

当我们回顾过去时，却发现只有几千年的文字记载。文字记载之前呢？生命与世界固然是一种客观存在，但这种历史未能通过某种记录方式进入人类的集体意识时，这个历史就是不存在的。自从人类有了记载与想象能力，就开始对我们意识建立之前就久远存在的历史进行想象与重建。最早的努力便是神话与宗教。《圣经》中有很多部分，就被认为是人类关于史前记忆的一种恢复。中国神话体系更加浪漫；从开天辟地到地理人文，没有这样一个似是而非的庞大体系的支撑，诗人屈原不会写出《天问》这样恢宏的由众多设问构成的诗章。我猜想，如果屈原是一个权力巨大的帝王，就会把这众多翩然而至的疑问铭刻于一面巨大的悬崖之上。秦始皇东巡泰山，就命人勒石留下永久的纪念。在那个时代人们的认知水平中，能够与天地同在的，除了从岩石中提炼出来的青铜，就是岩石本身了。

巴比伦人则把一部法典镌刻在石头之上。

当人类的科学意识逐渐强化，便从岩石中发现了更多过去的历史。于是，依赖岩石的实证和大胆的想象，人类逐步建立起关于生命起源、关于地球生成的数十亿年的历史。

当人类考察自己的生命历史时，发现根本无法将其与地球的历史剥离开来，于是，科学家们便把眼光投向了一个更宏大的存在，开始追寻地球起源的秘密。其中一个最基本的问题是，地球的年龄到底有多大？科学家们不约而同都希望从岩石中获得这个问题的答案。

测定岩石年龄所用的方法是放射性测定法。

放射性元素具有非常准确的衰变周期。放射性物质的原子会缓慢但持续稳定地一个一个转变为更稳定的元素。比如放射性碳，会逐步转化为氮。经过五千七百三十年，放射性碳会准确无误地失去一半的放射性物质。经过又一个五千七百三十年，其中的放射性物质又会减少一半。如此循环往复，直到所有的放射性元素全部转化。最早，放射性碳测定法广泛应用于对文物年代的鉴定，但地质学家们需要研究的年代却要漫长许多。因此必须寻求半衰期长到数百万年甚至几十亿年的别的放射性物质。地质学家们常常用来测定岩石年龄的放射性元素是铀。铀分布在地球表面的各个角落。每过二十二亿五千万年，铀的同位素会衰减四分之一。

用这种方法测定出的一块最古老的岩石年龄将近四十亿年，这块地球上已知最老的岩石发现于冰天雪地的格陵兰岛。

当然，我们并不能以这块岩石来判定地球的年纪，因为地球广大表面的任意一处都可能隐藏着比这块格陵兰石头更古老的岩石。更重要的问题是，地球在形成初期，从里到外都处于熔融的状态，要测定形成岩石以前的年代，就只能借助一些间接的方式来巧妙地回答这个问题：比如，依靠来自太阳系内的陨石来间接证明。目前得到的太阳系陨石的年龄为四十五亿至四十七亿年。一般来说，太阳系的成员的形成应该是同一时期，所以，地质学家们得出结论说，岩石告诉我们的第一个最大的问题是：地球的年龄至少有四十六亿年。

四十六亿年？那是一个怎样的概念？

科学家们把这四十六亿年想象为十二个月。这样的话，地球生成岩石硬壳是在2月；最早的生命体可能出现在4月；恐龙统治的全盛期应该是12月中旬。如果说人类真像大多数学者所认为的那样，两百多万年前从类人猿开始进化，那么，这段历史相当于从12月31日22时以后才开始。至于说到人类及其近亲的出现，就算我们很慷慨地为自己给出五万年时间，那也不过是这一年里的最后五分钟罢了。

根据岩石的记录，地质学家们把整个地球的历史分成两个元：隐生元和显生元。

隐生元时期：从最古老的岩石年代直到大约六亿年前的漫长岁月。这一时期留下来的岩石在地球表面通常出现在古山脉受到侵蚀因而暴露出内部岩芯的地方，或是地表出现很深裂谷之处，寻找起来颇费功夫。现在科学家们通常是用打石油钻井那种方法，用特制的探管从地层深处抽取岩芯，一段段的岩芯连接起来，像树木年轮一样，真实地记录着丰富的地球演化信息。

隐生元岩石中的化石是少数几种蓝绿藻及某些细菌群落，动物化石则主要是古代水母和多节蠕虫。

就是这些化石佐证了科学家们的假想，生命来源于水。因为这些化石全部来自原始海洋。这些化石还告诉我们，早期的水中生命身上完全没有角质硬壳或者骨骼之类的硬质体，所以作为化石保留下来的概率便极其微小。

到了显生元时期，化石告诉我们的东西便越来越多了。所有被发掘的化石差不多可以构成完整的生命进化谱系。

化石很早就存在了，为什么只是在现代科学体系中才具有了生命进化证据的意义？道理非常简单，在人类漫长的蒙昧时代，因为没有科学观念的统领，化石就仅仅是一些奇异的石头而已。在一些文化中，常把化石当成神物来供奉；有些文化则把化石当成具有神秘功效的药物使用。古老的中国医学就曾把脊椎动物化石称为"龙骨"，在医疗实践中有着广泛的运用。当人类有了科学的信念，认为地球上的生命并非上帝创造的奇迹，众多纷繁的生命线索都可以在时间深处上溯到一个相同的起源时，这些零碎杂乱的化石碎片便拼贴成生命进化的动人画卷。

科学家们把显生元分为古生代、中生代和新生代三个阶段。

古生代从距今约六亿年前开始，那时，地球上陆地构成为四个大洲。地表十分荒凉，只是在靠近大海的地方开始出现一些原始的地衣。它们缺少从干燥的土壤中吸取水分与养料的根茎与脉管，所以只能生长在潮湿的低地。但在海水中，生命的戏剧上演得轰轰烈烈，简单的有机化合物进化到单细胞生物，再进化到多细胞生物，一些生物体重达到好几公斤，这已经是单细胞生物的几十亿倍了。

其中最具代表性的是三叶虫。

三叶虫有许多细长的腿，可以支撑其身体在海底的软泥上爬行。三叶虫还有像今天的鲎一样的壳，分节的身体可以方便地蜷缩成球形，使其可以防御来自外界的冲击。三叶虫在动物学分类上是节肢类动物，而当时人类所属的脊索门动物的祖先们还在黑暗的大海里四处漫游。这些祖先的形状是像一条蠕虫，还是像一颗海星，因为没有化石提供的证据，科学家们还不敢妄断。这是前寒武纪的生命图景。

化石告诉我们：四亿至五亿年前的海洋仍然是三叶虫们的世界。但海星、蛤、珊瑚等登上了生命舞台。对我们最重要的是，海洋里进化出了原始鱼，即最初的脊椎动物。

化石告诉我们：两亿至四亿年前，三叶虫等原始生物退出生命舞台，海洋里的鱼变成了一种品种繁多的庞大家族。其中一些进化出了肺和鳍，其中一部分又进而变成了两栖动物。陆地上长出了森林，其中出没着众多体积庞大的昆虫。

中生代最典型的生物当然是恐龙。它们统治地球有一亿五千万年之久。恐龙的故事也是化石告诉我们的。现在差不多在世界上任何一块大陆上，都发现了它们巨大的骨骼。大部分的恐龙化石来自于那些中生代沼泽。随着地球沧海桑田的巨变，沼泽的淤泥变成了岩石。陷入其中的恐龙骨骸也便一同石化了。参观自贡盖在发掘现场上的博物馆，数十万年间岩层与恐龙化石同时累积给人一种深刻的震撼。最近，在美国还展出了一对正在搏斗中的恐龙化石。生物考古学家们认为，这对恐龙正在山下殊死搏斗时，被巨大的山体崩塌瞬间掩埋。也是岩石的记录告诉我们，中生代晚期，我们曾在科幻电影中看见的小行星撞击地球的一幕曾在地球上演，巨大浩劫的结果便是恐龙的灭绝。

中生代是爬行动物的天堂，最初的鸟类与哺乳动物也在这时出现。

新生代的鸟类与哺乳动物由冷血进化为温血。这在生命进化史上是一个了不起的进步。温血动物与冷血动物相比，可以在一定幅度内控制自己的体温。比如沙漠上的小蜥蜴，在强烈的阳光下，必须在很短的时间内从一片荫凉跑到另一片荫凉，否则几分钟内就会因阳光照射导致体温升高而死去；但温血动物却可以在同样条件下坚持几小时甚至更长的时间。生物进化的原则就是适应性，鸟类与哺乳动物进化为温血动物，使其能够适应更加多样的环境，迎接自然界更严酷的甄选。于是，在七千万年前，温血动物终于统治了世界。

温血动物的新陈代谢速率加快，使身体像一台发动机一样产生连续不断的热能，加上皮毛，加上皮下脂肪层，可以耐受冷血动物无法生存的低温环境。但是，为了保持体内热能的连续产生，所有温血动物都需要以很高的频率不断进食，否则就会死于饥饿。而属于冷血动物的大蟒在一年里，只要饱餐一顿就可以生存下去了。

故事进展到这里，我们知道，生命进化史上的一个奇迹：人，就要出现了。而人类近亲及人类的出现依然要岩石来告诉我们。

让岩石告诉我们（下）

——科学故事

　　我们曾提到，为了更直观的把握，有科学家把地球历史当成一年的十二个月来看。

　　后来，又有科学家把地球这四五十亿年的时间，化成了钟面上更直观的十二个小时，并把这种设置方法称为地球钟。这口钟上的一小时相当于三亿八千三百三十万年，每分钟相当于六百多万年。从哺乳动物中衍生出人类这一分支，至今这三百多万年将近四百万年的漫长历史，在这只钟面上不到一分钟时间。

对于个体的人来说，身处在自己的世界之中，很难对过于宏观的存在有真切的把握。最难真切把握的宏观，当然是宇宙无边无际之浩渺与时间无始无终之漫长。所以，科学家才设想出了以小喻大的地球钟。在这口钟面上，秒针的每一跳动相当于实际时间的一万多年。如此算来，人类创造出文字，记载自己历史的时间在地球产生至今的十二个小时中，才不到半秒钟时间！

人类衍生进化历史剩下那三十多秒钟，也是岩石告诉我们的。所以，至今在世界的各个角落，都仍然有许多人类学家在孜孜不倦地寻找与发掘岩石的记录。

最初，人类考古史上最大的发现是印尼爪哇岛和中国周口店发现的人类化石。这些人类化石的发现，把人类的进化史推进到一百多万年前。但是这个记录很快就被改写了。

从岩石中发掘人类历史，做出最卓越成就的，是一个名叫李基的科学家及他的家庭。在考古人类学界，这个家族被称为"幸运的李基家族"。1959年，人类学家李基的妻子玛丽·李基在坦桑尼亚靠近东非大裂谷的火山灰沉积岩中发现了一个古猿的头盖骨化石。经测定，这些火山灰的历史达一百八十万年。于是，人类起源的历史被大大提前。

两年后，李基的长子乔纳森发现了更多处于更高进化阶段的猿人化石。

1972年，李基的次子李察率领一个化石搜寻队，在肯尼亚发掘到了一些猿人头盖骨碎片，经测定距今有两百多万年。

1975年，玛丽·李基在坦桑尼亚发掘出了迄今为止最古老的猿人牙齿与颌骨的化石，经测定，这些猿人活动于地球的时间在三百七十五万年前，使古人类学向着历史深处又大大前进了一步。李基一家的这些发现惊动了人类学界与地质学界。他们在利特里的发掘现场成为科学界与新闻界参观考察的热点。1976年夏季的一天，三位访问者互相投掷干象粪消磨黄昏无聊的时间，当古生物学家希尔伏下身子躲避打击时，突然在一层暴露的火山灰沉积岩中发现了动物的足迹。他们进一步仔细探查，发现了更多凝结在火山灰沉积岩中哺乳动物脚印化石。两年以后，加入李基考古队伍的地球化学家艾贝尔在同一地区发现了人类足迹！

岩层在发掘中像书页一样被层层打开。大多数时候，这些书页都是一片空白，并不包藏科学家们所期望的信息。但是，这一次，当火山灰沉积岩上覆盖的泥土和包藏着另外一些时间密码的岩层被揭开，两串平行延伸了约27米的人类足迹出现在人们眼前！这片火山灰沉积岩的年代为三百四十万至三百八十万年前。长期以来，科学家仅靠一些残存骨骼化石，很难对这些人类祖先的生活与进化程度做出一个清晰的估计。比如，长期以来，科学界对于人类祖先是否在制造石器之前和脑容量增大之前，就已进化为两足动物存在很大的争议，这次发现对此做出了肯定的回答。在长达数年的发掘过程中，除了人类足迹之外，仅在其16个发掘场地中的一处，就发掘出18 000多个足迹，据统计这些足迹是17个科的众多动物留在火山灰上的。利特里那串人类足迹告诉给我们很多骨骼化石不可能告诉我们的东西。那两串平行的54个足迹告诉我们：当时是在一场小雨之后，三个人从喷发不久的火山下走过，于是，足迹便留在了厚厚的火山灰里。科学家们普遍认为，乍看起来像是两个人的足迹其实是三个人留下的。那串大的脚印其实是两个人留下的双重脚印。一个约有1.5米高的人走在前面，另一个矮0.2米左右的人跟随着前进，后面这个人努力把脚踩在前一个人的脚印里（在雨后的火山灰有防滑的作用），而另外的那一行脚印是一个孩子留下的。于是，人们想象，这是一男一女与一个孩子留下的脚印。当然，我们不能说那就是一个三口之家留在历史深处的印迹，因为那时应该不存在今天的家庭概念。

因为这些重大发现，人类学家们的眼光转向了在过去认为最不可能发现文明进化遗存的非洲。1974年，美国人类学家约翰森在靠近东非大裂谷的埃塞俄比亚的奥摩河谷，找到了一具差不多完整的人类化石。这具化石距今三百余万年，属于一位年约20岁的年轻女性。在人类化石编号目录上，一点也看不出这具化石的特殊之处：AL288-1。但在科学家们口中，她却有一个鲜活美丽的名字——露西。而且，在很多时候，露西已经成为支系庞杂的人类祖先的一个最为后人所接受的形象代表。有点像是《圣经》创世纪故事中伊甸园中的夏娃一样，只不过，这个化石的夏娃不再是金发碧眼的白皮肤的美女，而是一个并不漂亮的黑皮肤的女人。

因为时间与空间的关系，人类所能发现有关自身进化的化石数量并不能清晰地构成一个没有缺环的链条，即使是从亲爱的黑皮肤的露西那里开始，我们也并不能确实地知道，她确确实实就是地球上所有这些不同肤色的人们的共同的直系祖先。化石链条上的缺环是如此之多，使我们无法建立起一个清晰的关于人类进化的完整谱系，但在阶段意义上，从化石记录的基本信息，我们知道了不同的进化阶段，人类文明曾达到怎样的状况。

还是那个"幸运的李基家族"的成员，在他们发现古老猿人化石的山谷中，发现了一百七十五万年前的石头工具。

在中国，差不多同一地点发现的北京猿人与山顶洞人化石，更大的研究价值体现在从化石附近发现的被猎杀的动物骨骸和篝火燃烧后剩下的灰烬，所有这些东西加起来，借助想象能力与推断能力，我们完全可以在脑海中复原出原始人的生活图景，知道他们用燧石取火，用石器猎杀野兽，用骨针连缀兽皮制成衣服。

人工取火是文明出现的标志；使用石制工具也是文明出现的标志；衣服除了御寒的功能之外，还在人群中培养出某种身体的禁忌与羞耻感。

人类进化到这样一种程度时，文明就要呼唤艺术与文字出场了。

艺术与文字出现的证据，考古人类学家通常也是从岩石的记录中去寻找。

1879年夏季的一天，业余考古学家马塞里诺在一个叫艾塔米拉的洞穴里挖掘，希望有点意外的收获。比起专业工作者来，业余爱好者的工作似乎更为轻松。马塞里诺前往发掘现场时还带上了9岁的女儿玛莉。当他在洞穴的泥土中细心挖掘的时候，从洞穴深处传来了玛莉的尖叫声："快来！牛！爸爸，牛！"

顺着洞外射来的朦胧光线看去，洞穴顶部确实有些模糊的图案，马塞里诺高举起手里的便携式提灯，于是，一片用大胆的褐、红、黄、黑等颜色绘成的牛群出现在眼前。这些隐秘的画面颇有现代绘画中狂放不羁的风韵，但却实实在在是史前一些无名画师的作品。这群史前野牛共有17头，各自有不同的姿态，其中的一头，身上还扎着一根史前人掷出的长矛。与这群野牛相伴的还有一只野猪、一匹马、一头鹿和一只狼。后来，马塞里诺又在洞穴深处发现了更多史前人绘制的动物图案。画上的那些动物，很多已经绝了种，相伴着同一地点发掘一万多年前旧石器时代的人工制品，他认为这些动人的绘画是一万多年前的史前人类绘制的。

但是，当他把这项成果提交到在里斯本召开的一次考古学界会议上时，专业人士们坚持认为，原始人的智慧不可能比猴子高出多少，所以，不可能绘制出这种风格粗犷奔放、充满生命活力的作品。更有甚者，很多人怀疑这是马塞里诺为了沽名钓誉而设置的一场骗局。直到1902年，布鲁衣神甫来到艾塔米拉洞穴，从中发现了动物骨骼的化石，有些化石上还刻有与洞顶壁画相似的动物图案，马塞里诺发现的真实性才被证实。但是，这位发现者已经在1888年抑郁死去。

据人类学家们说，这些美妙的史前美术作品能保存下来，是因为那些无名画家并不像今天的艺术家总要把自己的作品最大限度地公之于众，而是将其刻画在隐秘险绝的地方。因为这些壁画当中包含了最初的有关自然崇拜的宗教感情，那些洞穴可能就是原始人的宗教圣殿。另外一些人类学家则认为，艾塔米拉这样的洞穴还可能是原始人类的狩猎技艺课堂，那些壁画可能是传授狩猎知识的生动图解。两种说法都有各自的道理，而且也都包含了文明发源时一些最初的要素：由自然崇拜而产生神秘的宗教感，以及经验的交流和对征服对象的认识与记载。

记载的方式最初是画，然后，才是从图画演变的文字。这种从具象的图画到抽象的文字的演变过程，不论是古巴比伦还是古代中国都有鲜明的体现。

那些古代的君王，都愿意把文字刻写在石头或者是类似的材质上，以期望其统治万年不变。

文明的进化，越往后，便牵涉越复杂的层面，但有一点是肯定的，当文字出现，文字又从石头上向着别的材料转移，比如甲骨，比如青铜，比如纸和绢，一个完备的文明便出现了。一个有着自己明晰历史记忆的族群便出现了。

一个大写的"人"字便从此矗立在天地之间。

今天，我们还是会把一些特别具有纪念意义的文字深深地镌刻在石头之上。在岩石上记录，是人类一种伟大高尚的爱好，也是生命深处一种深远的遗传。

美国归来话观感

在国际日期变更线上穿越白天与黑夜

奇异的感受在由西向东飞越太平洋时就产生了。

起初，舷窗外还是阳光、白云和深蓝的太平洋。座椅前的液晶显示屏上，则是一根表示着飞行路线与进度的红线，画出一个优美的圆弧。当这根彩虹一样弯曲着的红线穿过蓝色的从北极悬垂而下的国际日期变更线时，窗外的天空居然就是夜了。乘客们慢慢沉入睡眠，在梦境中飞向北美大陆上那另一个世界。

在国际日期变更线上经历昼与夜的转换，似乎就在现实与梦想之间、在现在与未来之间找到了一个合适的转换机关。兼通英文与俄文的秦月是非常International的，加上1998年已经在美国"科幻"过一遭了，所以，便服从了晦暗光线的暗示，歪在座椅上浅浅地睡去。我转换面前显示屏的频道，在十部电影的目录里挑了一部电影来看。很快看到红色的火星，随手点击，电影开演，是一部科幻片。在国内看过很多英语版的故事碟，但都配了中文字幕，美国联合航空公司的飞机上，却没有为不懂英文的中国人准备这种特别服务。秦月要尽语言导盲的责任，龇着惺忪睡眼说，片子叫《火星任务》（MISSION TO MARS），且在本刊上介绍过了。然后，又深一脚浅一脚地睡去了。我继续盲人瞎马地跟着几个穿宇航服的人在火星上、在航天器的角角落落里四处行走。好在，隔着走道的两个美国老太太，也跟我点看一样的片子，不断地随着故事的进展长吁短叹，有时轻笑，有时喊天，有时又拿起航空公司的比我们毛巾还大的面巾纸擦拭泪水。因此，我知道自己的理解与影片的叙述并不相差太远。想想，觉得那两个美国老太太的天真有些可怜。但上了一趟洗手间，顺路看见几个像我这样的黑头发，看的却是日本的言情片，复又觉得美国老太太的天真劲儿可爱了。

　　飞机迎着曙光飞行，所以，白昼的来临比寻常要快，就像起床后，猛一下拉开窗帘，白昼就这样唰一下地来到了眼前！

　　然后，飞机顺着一个狭长的海湾切进内陆，一座美国城市出现在机翼下方。这座城市叫圣何塞。而在中国，这个城市就是一个在知识经济时代闪闪发光的神话的名字：硅谷！果然，高速路上的汽车，一座座工厂模样的平顶房子的窗子都在明亮阳光的照射下闪闪发光，或许，那都是蕴含着巨大人工智慧的硅所放射的超现实的光芒。

　　20世纪初叶，工业化时代的美国诗人桑德堡曾写诗说，要美国给他钢铁的牙齿，让他可以咀嚼钢铁；要美国给他一副钢铁的胃，使他可以消化那个时代所有的钢铁。而现在，又一个美国在机翼下展开，我听见它自动在说：世界，来吧，给你硅，给你硅，给你硅里所有真实的虚幻感。

从这里下了飞机，进入美国海关。又走出美国海关，迅速从一辆机场大巴转移到另一架国内航班，急匆匆地飞往洛杉矶。当在环球电影城的时空飞车上，在电影《未来水世界》片场重温某些现场表演的片段时，我仍然有一种虚幻的感觉。都说好莱坞是造梦工厂，用当下我们的话叫作文化产业，被造出梦幻之感的世界各地的观众，直接来到一个个造梦车间。造梦工厂是如此巨大，花41美元买一张门票，用整整一天时间，都不能穷尽所有车间。于是，观众便各选所好。对于科幻爱好者来说，就是在侏罗纪公园幽深的水道中遭遇仿真恐龙的惊叫，在《外星人E.T.》片场中体验轻盈飞升的感觉。最热卖的科幻电影秀当然是《未来水世界》片场里某些场景的重现。一场半小时的表演足足有两千人观看。这种表演是天天进行的。这样一个场次一个场次演下去，已经演到了电影创造了巨大票房的多年以后了。好莱坞这些造梦人，为自己造出了一个巨大而光怪陆离的财富之梦。

在加利福尼亚干旱少雨的山冈上，在那些挺拔的棕榈树间，我仿佛听到叮叮当当摇落美元的声响。

不同时空的比重

在洛杉矶最后一个节目是参观一个天文馆。馆中很多知识的介绍都直观有趣。比如通过一个从潜艇上拆卸下来的巨大潜望镜看馆外的景象；再一个是用4台磅秤称出一个人的不同重量，然后，才告诉你，这是模仿了不同星球的重力场的结果。于是，不需要用学术语言啰唆一大通的抽象道理，不着一字，便明明白白了。

现在将结果告知如下：

短壮的阿来：在月球上的重量为25千克；在火星上的重量为40千克；在木星上就重达406千克了。

苗条的秦月：在月球上的重量为17千克；在火星上的重量为30千克；而一到木星便沉甸甸地达到了260千克。

这种在不同时空中比重失衡之感，从我一踏上美国土地便感觉强烈。首先是因为失语。一个操作语言谋生的人，到了另一片大陆，竟连吃饭也要依赖同事的通译之功了。

更大的失衡之感，是看到科幻所面临的现状的不同。美国人现在体验的可能就是古代中国人体验过的中央之国的伟大感觉。这种感觉在我们看来有些虚幻或狂妄，但这种自大的感觉在他们身上却是确确实实地存在着。比如打出旗号是世界科幻大会，但是，会上却只有一种公共的语言，英语。不管是在公共的讲坛还是充满会场各个角落的出版物或者各种各样的文字材料，如果你是另一种语言的操持者，对不起，你必须自找翻译。于是，科幻便成了英语的科幻。

大会开幕的第一天，上大会报到，领取会议资料，在大会工作的志愿者服务周到细致，但对居然有中国人来参加大会表现出了相当的惊奇。《科幻世界》杂志已经是大会的老客人了，但是，对于芝加哥来说这是第一次。对于这些好心的志愿者来说，也是第一次。所以，中国人的参加，便改变了他们关于世界的定义。也许，以后他们就知道，不光是有了英国人、法国人的参加，还因为有了中国和更多国家的人士的参加，这个美国人的科幻会就成了真正的世界科幻大会了。我想，这种现象绝不是独独存在于科幻界，而最最重要的是，我们经过自己的努力，经过在中文这个特定领域当中的成功与发展，正在改变美国人关于世界的观念。当今中国的变化发展，是一个幅面更为宽广的现象。

我们一次次来到这个大会，一次次参与到科幻界目前最国际化的盛会中来，唯一的目的，就是着眼于中国科幻的发展。从今天巨大的差距中，看到我们未来巨大的发展空间。

凭借着"Science Fiction World"这个日益响亮的名字，我们已经有了越来越多的朋友。

在美国作家的热心帮助下，本次大会特别给予两位来自中国《科幻世界》杂志的编辑以特邀代表的资格。方式就是在我们的出席证上，用不干胶粘上"SFWA Guest"几个字。SFWA是世界科幻界最权威机构Science Fiction and Fantasy Writers of America, Inc.的缩写。我们被告知，凭此可以随时随地出现在本次大会的任何场合。原来，这个大会也是分出三六九等的。这个有六千多人参加的盛会，绝大部分参与者都是科幻迷。他们只是在会议中心的下面几层的展厅与分会场以及餐厅间活动。而在酒店大楼的高层，还有一些科幻作家们的各种各样的聚会。出席证上有了这4个缩写的字母，我们也就获得了自由出入的权力。正是在10楼的一个房间里，我们遇到了几个正喝着咖啡交流创作经验的科幻作家，拿到名片一看，都是科幻界的重磅选手。其中一位，是许多中国读者都知道的科幻作家和美国航空航天局的火星专家兰蒂斯，早些年，《追赶太阳》在本刊发表，曾有好几位中国中学生通过编辑部致信于他，就其构思的科学性提出质疑。而兰蒂斯先生也不摆作家和科学家架子，回信对中国读者的认真予以表扬和感谢。今天，兰蒂斯先生还未忘记这段往事，并把这个故事告诉给几位美国同行。当几位作家听说在中国有一份发行量达到40万份的科幻杂志时，都纷纷留下联络地址甚至是他们版权代理人的地址，希望我们将其作品推荐给中国读者。

　　SFWA这四个缩写的英文字母真还有着某些特

别的魔力。

雨果奖颁奖晚会就在我们下榻的酒店会议厅里举行。凭了那几个缩写字母，引座员径直把我们领到了前排就座。这时，能容纳四五百人的大厅早已满满当当，而我们能落座到那特殊的席位上当然是一种特别的礼遇。

颁奖会后，遇到一位戴眼镜的美国半老太太，上来热情招呼，问：你们就是那两个中国人？

答：是。

于是，她说：我的丈夫已经见过你们了。我是兰蒂斯太太。说起兰蒂斯太太时，她的自豪之情是溢于言表的。这种情形不是第一次出现。与西尔弗伯格谈他的长篇《荆棘》在中国出版的情况时，一个女人也是主动地凑上来，打断我们的谈话，说：我是西尔弗伯格太太。而西尔弗伯格就以一种赞许的神情看着自己那位天真劲儿十足的美国老女人。

前两天，与雨果奖得主、著名科幻画家鲍伯·埃格林顿洽谈版权结束走出大厅，又一个美国胖太太气喘吁吁地追上来，要求与我们合影，因为我们与她丈夫合影时将她落下了，而她是埃格林顿太太。于是，我们一起快乐地笑着合影留念。分开后，有人告诉说，她也是一位有名的科幻画家，于是，我们又返身追她，让她给我们她作品的使用授权。

我想，并不是这些美国妇女有太太病，而确实是她们对科幻有着相当的热情，所以，才以作为著名科幻作家与画家的妻子感到特别的自豪。

当然，事情总是有例外的。我们的老朋友、著名科幻评论家伊丽莎白·赫尔是著名作家弗雷德里克·波尔的夫人，但她从不高兴人叫她作波尔夫人。如果你这样叫她，她会郑重其事地告诉你她的名字是什么什么。

这几天的芝加哥，所有的众生相都统辖在了Science Fiction这个名字的下面。而我在失语症的折磨之下，就像在洛杉矶天文馆里，用自己的身体感觉了不同星球的重力场，在这热闹非凡的科幻大会上，也感觉到了科幻在不同的国度、不同的文化、不同的社会中的不同比重。

这种感觉压在心头，也是一种沉甸甸的分量，而身体却又分明体验到了有些空虚的失重之感。

凭《Science Fiction World》之名

凭着《Science Fiction World》之名，一个电话过去，阿西莫夫夫人珍妮特·阿西莫夫欣然答应我们见面。

于是，大卫·赫尔那辆不太高级的汽车载着我们穿过差不多整个纽约城，准时来到曼哈顿中央公园一栋公寓楼下。在这座公寓的37楼，不等我们按响门铃，阿西莫夫夫人已经打开了大门，热情地把我们引进了客厅。客厅里阳光充足，通过开向阳台的那扇门，视线里一半是曼哈顿的摩天楼群，一半是中央公园一碧如洗的如画景色。

阿西莫夫夫人对我们介绍的中国科幻现状表现出浓厚的兴趣，并欣然答应出任本杂志社新创刊的《飞》少年科幻月刊的高级顾问，并当即把她本人与阿西莫夫的一些作品赠送给我们，希望很快看到这些东西，"在遥远的东方，用奇妙的中文介绍给读者"。客厅里面，通常是中国人习惯放家庭影院系统的地方，靠墙而立的两个书橱里，全是阿西莫夫先生各种版本的各种作品。而在客厅的另一角，就是阿西莫夫夫人写出她那些深受少年人喜爱的科幻小说的电脑，电脑两边，是小巧的书橱，里面是一些随手可以取用的资料。

有一些轶闻说，阿西莫夫在世时，每天晚上，都要用望远镜瞭望星空。阿西莫夫夫人又把我们带到她卧室宽大的窗前，几乎是强制性地把一架望远镜塞到了"英语很地道的中国女孩"手中，让她眺望纽约城那繁华的景色。我们因了主人的热情而激动，而主人也因了自己的热情而激动起来。她提出要请"中国同行"吃中午饭，把我们带进一家装潢考究的中国餐馆吃北京烤鸭。一只烤鸭配三个配菜，再加一漆盒米饭，加税是100美元。在心里再用人民币换算一下，更觉价格昂贵。即便如此，也不好意思再让老妇人破费，秦小姐便坚定不移地用万事达卡付了饭钱，《飞》月刊尚未面世，已经有了一笔外汇支付的招待费了。想不到，阿西莫夫夫人已经自作主张地替我们的下半天做出了安排。拿到票子，又详细介绍了将看到的宇宙展览和恐龙化石展，又向大卫·赫尔交代了导游事宜，这才与我们握手告别。

　　也是凭了《Science Fiction World》之名，以《天幕坠落》闻名于中国的大卫·赫尔成了我们在纽约期间的小车司机。他有一句非科幻的话很经典：客人是鱼，超过三天就发臭了。但是，我们"使唤"了他四天，第五天又一早叫他送我们上机场，他竟然还从中国餐馆带来了热豆浆和生煎包子，所以，我开玩笑说，看来这两个中国人还没有到臭不可闻的地步。他抱以美国大男人像小孩一样天真的笑容，这是美国人傲慢时可爱的笑容中最常见的那一种，也是最可爱的那一种。

　　凭了《Science Fiction World》之名，我们见得最多的，还是这种美国笑容。计划中最后一站在旧金山。细看机票却仍然要从圣何塞出发，于是，这两地间的交通变成了问题。科幻作家、《轨迹》杂志的编辑，35岁的兰斯也是一脸大男孩的笑容，在最需要的时候出现在我们面前。早上，他用杂志社主编布朗先生的汽车把我们运到圣何塞，帮忙找到最方便去机场的酒店，在一家有些变种的中国火锅店吃了饭，已是下午3点，他赶回几十千米外的杂志社上班，不想，他5点钟又打来电话，说怕我们两个人没有汽车不方便出游，待在酒店也不好玩，下了班要过来陪我们。7点钟，他带着女朋友，一位卡通杂志的编辑诺曼出现在我们眼前。于是，我们在黄昏中驱车在硅谷的街头，看着夜色降临在蓝色的海湾，看着灯光中的硅谷沐浴在另一种光明中，就像这里生产出的那些硅片在这个真实的世界之外构造出一个虚拟的世界一样。然后，是一个橡木装饰的宽大餐厅里，一顿意大利式晚餐。我面对羊排胃口大开，而秦月的中国胃面对一盘中间漂着意大利面条酱一样浓的汤时一筹莫展。

美国饭后的余兴节目中有两次作画。一次，是我小说的美国翻译问小说中的槐树是什么样子的树，因为对这种树一无所知多少妨碍了她对于小说的理解。于是，我试图在餐桌上画出那羽状对生叶的样子，不管那树怎样历历在目，但画出来却惹人笑话。于是，秦月小姐又画图解说了一回。画工虽然不错，对方还是有些不明所以。这一次轮到我问兰斯与诺曼，橡树是什么样子。诺曼的回答很绝妙，橡树是长果子给松鼠吃的。见我依然感到很抽象的样子，秦月便怂恿她画下来，于是，她拿出名片，在背面认真地画起来，画工不错，与进过少年宫的秦月不相上下，因此，晚餐得以在笑声中结束。而美国之行，在这阵笑声中，其实已经宣告结束。剩下来的，只有一晚上的睡眠和漫长的越洋飞行了。

分享喜悦

　　《尘埃落定》获第五届茅盾文学奖的消息传来，在杂志社举行的庆功宴上，与同仁们举酒把盏时，真是感慨良多。现在忍着宿醉后的头痛，在这里敲出这些文字，却不想再谈得奖的事情。而想谈一谈与这本刊物、与青年读者、与科幻文学前景相关的话题。

　　之所以如此是因为这些天，很多采访者不约而同都对一个主流文学作家在认认真真地做着《科幻世界》杂志的主编而感到惊讶。一般说来，一个被主流文学界确认了身份的人，再到非主流而且非常市场化的科幻文学中，是有些难以理喻的。所以，面对采访机和摄像机镜头，我一次次重复着我的观点。其实，这些观点在面对我们的大学生、中学生读者的演讲与讨论中，都有过反复的表达。一周前，在南京师大附中做演讲，题目就叫"科技时代的文学"。

文学与这个世界上的任何事物一样，从来不是一种静态的存在。这种动态性最鲜明的一个特征就是，从来没有一种文学甚至一种体裁能够一直居于主流位置上。比如小说，这个中文名词的产生，就表明它开始出现的时候，是无法与诗歌、散文互较伯仲的。小说登坛成为文学的主流，实在是植根于社会变化与读者审美需求的变化。

科幻小说的产生背景是工业革命爆发，是人类挣脱神权思想后科学意识的全面觉醒。所以，第一部科幻小说必然只能在英国出现。后来，科幻文学在一个国度的繁荣，必然与这个国度的科技文明在整个世界所处的领先位置有着必然的关联。也正是因为这个原因，科幻文学在刚刚过去的那个世纪的90年代一天天成为中国青少年阅读时尚中一个越来越重要的方面，实在是因为我们国力的增强。每一个渴求发展、每一个寄望于美好未来的人，都敏感到了在我们生活中已经越来越无处不在的科学影响与技术的力量。《科幻世界》正是在这样一个背景下，旗帜鲜明地亮相于中国文坛、中国期刊界，并随着国民科学意识的日益强化、国家科技力量日新月异的进步，取得越来越大的发展。

这是我从主流而非主流的理由，也是我从书斋走向市场的理由。我们有理由相信，今天的非主流或许就是明天的主流。所以，我涉足到了科幻文学领域，通过在本刊的切切实实的工作，参与到把科幻从观念一步步变成现实的过程之中，为一种全新的属于未来的文学样式、最具现代感的文学观念在中国的传播尽一点绵薄之力。

《尘埃落定》作为一种主流文学的成功，对我来说，在它出版面世那一天就已经成为过去。而我把更大成功的希望寄托在自己主编的杂志。对于年轻的中国科幻文学来讲，从主流文学中吸取营养是非常非常重要的，我想，自己正可以在主流与非主流之间架设起一个桥梁，以望有助于中国科幻文学的成熟与发展。

承杂志社全体同人的美意，腾出宝贵的版面让我说些与得奖有关的话，但是，这些天在媒体轮番的密集轰炸下，"小说"啊、"文学奖"啊这样一些词已经像太多的"尘埃"一样使人非常疲劳了。于是，话题便绕到了科幻方面。

但是，如果亲爱的读者们也将其视为一件喜事的话，我愿将这份喜悦与大家分享。并且，祝愿我们的青年读者，在以后的人生道路上，也能不断体会到事业成功的喜悦。并祝《科幻世界》这个我们大家的精神与情感空间，随着一代青年的成长而成长，一直步入我们共同的辉煌！

新世纪的关键词

　　"一棵树无法以我们所能辨认的方式对它的环境表示好奇。"

　　这句话是阿西莫夫说的。阿西莫夫逝去十几年了，但我总是想起他这句有趣的话。

　　一棵树自在地站在旷野里，巨大的枝柯间，稳稳地托举着鸟巢。太阳从西边落下去，月亮从东方升起来，时间水一样流逝，而那株树仍然站在那里，就像是站在世界中央一样。

　　树就是那样一副沉默自省的模样，我想如果它有过好奇，也只是对于自身内部生命的律动有一点浅浅的感动与些微的惊讶。春天，水分从地底下升上来，一直到每一树梢的顶端，加上一点阳光的温暖，便一天天枝叶婆娑了；秋天，很多的果实，很多的落叶；冬天，则是在很多鸟语与雪光中的绵长怀想。

古代的人们也有树一样的思想。即使是那种什么也不干，只是望着星空或宽广海洋不停踱步、专司思想的哲人，也把自己看成是世界的中心。思想者回到书房，世界的中心便在书房；思想者走到院子里的水井旁，世界中心也便转移到水井边上。后来，一些不仅思想而且行动的人出现了，他们走出村落，走出城邦，走出国家，走向世界。看到的世界越广大，人类的好奇心越强烈，自我便是世界中心的想法便越可疑。直到很多思想而且行动的人彻底推翻了这个想法。

这些思想而且行动的人最喜欢的一些词在千百年来都未曾改变。其中三个最最重要的词就是：科学、幻想和发现。

2001年，这第一个清晨，我们打开房门的时候，同时就打开了宏伟的时间之门。这一天的曙光里，一个新的世纪就站在了我们面前。在这个世纪里，用方块汉字表达着自己的情感、意志与思想的中华民族，将在世界面前迈开更大的步伐。在中国辉煌的古代文明中，我们不仅在人类的知识库中奉献了哲学与东方的审美，也同样奉献了科学、幻想和发现，让这个世界充分享受了中国人创造的文明成果。指南针把地理大发现的航船引向了未知的彼岸；纸张与印刷术的发明，更使知识的传播找到了一个方便的载体，对于人类文明传布的革命性作用，即使是今天的互联网也很难比拟。但是，那种辉煌在好几个世纪前就结束了。不知从哪一天起，曾经的东方老大帝国，从皇帝到子民，渐渐都沉溺于一种没有科学依据的梦境中，并在这种梦境里，感觉自己永远在世界中央，永远是一个中央之国。最后，这个世界上那些向往着科学、幻想与发现的民族，完善了我们的发明，又用来征服我们。只是到了这个时候，我们才带着深刻的创痛渐渐清醒。过去的一个世纪，是中国人不甘沉沦奋起反抗外侮的世纪；是中国人在新的世界格局中重新寻找定位的世纪；也是中国人重新找回了创造力，重新把握了科学、幻想与发现这些名词所包含的全部精神力量的世纪。

20世纪刚刚开始的时候，世界看到一头狮子昏昏沉沉地睡在东方的一涯尽头。而在2001年，这个崭新的世纪，在新千年的阳光照耀下，全世界都感到一个觉醒的古老民族所焕发出来的巨大力量。

新世纪，我们向世界走去，世界向我们敞开！

在这个新世纪里，对意味着中国将来成败的年轻一代来说，科学、幻想和发现这三个词将不再只是科学家与思想家的专用词，而将与现代社会的每一个人密切相关。

对于一个民族，这三个词将决定其在世界格局中的地位。

对于一个个体的人，特别是正在成长时期的青少年来说，这三个词将决定其基本素质的高低，决定其在将来社会生活中的生存与竞争能力。一个优秀的民族必然是无数个优秀个体的集合。在中国这样一个日益现代化的国度里，这三个词的重要性将日益显现。所以，我们说这是中国青少年素质教育的三个必须把握的关键词。

长期以来《科幻世界》一批有良知的知识分子、一批有责任感的杂志人，致力于向中国青少年传播这三个词所代表的先进的现代理念。

人之所以为人，就是因为思想与行动，所以与一株自在而对环境没有好奇心、对世界没有求知欲的树大不相同。虽然作为同样的碳水化合物构成的生命体，我们也像树一样需要水、需要来自大地的营养，但在精神层面上，对于青少年来说，特别需要科学、幻想的滋养。而这一切吮吸与纳入，都是为了明天，你能骄傲地对这个世界说：我，也有了自己的发现！

作为杂志人，我们唯一的期望就是，幻想世界里的飞行者，是未来中国的阿西莫夫，很多的阿瑟·克拉克，是未来世界的牛顿和爱因斯坦，是以知识资本与创造性富甲天下的比尔·盖茨。

我们邀请更多的青少年加入到这个热爱科学、热爱幻想、渴望发现的队伍中来，用今天的学习与明天的创造，在这个新的世纪里，神采飞扬地写下几个熠熠闪光的方块汉字：青春中国！

给想象以现实感

那天深夜，写东西有些倦了，从放在膝上的电脑上抬起头来，正好看到电视屏幕上一架飞机撞进已经浓烟滚滚的摩天大楼。我没有吃惊，以为又是好莱坞的科幻大片，是梦工厂的视觉效果大师们运用高科技手段制造出来的特殊效果。关上电脑，电视里的声音才传到了耳朵里：美国，纽约，世界贸易中心受到不明身份的恐怖分子袭击。主持人也像是楼里的人一样受了惊吓，都说不出连贯的句子了。

这样的场面很壮观，这样的行为的确令人发指，但必须承认我不太吃惊。也许科幻总是给我们的思维一些提前量，让我们站在一个未来的时间坐标上看到可能发生的事情。而这样的事件，在很多科幻小说中已经有过预演。恐怖手段是古已有之的，不同的只是：今天个体的冲天一怒已变成集体的绵长仇恨，个人的行动变成集体的计谋；而科学技术的发展更是为恐怖活动提供了破坏力越来越大的武器，和许多不是武器的武器。能量强大的机器比如波音飞机，信息网络、工厂化生产的大量毒物，都可以在某些特定的条件下使孱弱的人凶猛，使弱势的群体强大。在科幻小说中，这种事件已经不仅仅是一个恐怖的事件，有时甚至是一种新的社会秩序：高科技武装起来的人，并像野蛮的原始部落一样互相征逐与杀戮。有些时候，科幻作家的视角是如此切近，让人怀疑小说的故事是一些真实的事件。比如刚刚发表的王晋康的小说《替天行道》。这样的小说绝不仅仅讨论了个人与社会，以及两个国家的关系问题。现在我们喜欢讨论科幻作家的想象力，其实，要使想象更加坚实有力，还需要从社会现在的状况获得推导与判断的能力。

去年夏天到美国访问，《天幕坠落》的作者大

216

卫·赫尔到机场来接，驾车进纽约的路上，最先看到的就是曼哈顿那群高楼的顶部。大卫也最先把这两幢大楼作为纽约的标志指点给我们。然后，转眼之间，这个标志就从纽约的地平线上永远消失了。建筑消失了，但创痛仍在；外在的标志消失了，内在的警示仍在鸣响。媒体上说，这样的消失会让美国人与美国政府思考一些问题，其实，我们也可以从我们的角度去进行我们的思考。我们身处于这个世界，这个世界上发生的事情当然值得我们去思考。因为科技是人发明与使用的科技，未来是今天的社会与政治格局回声一样的未来。

我们高兴地看到，中国科幻作家的现实感越来越强，李忆人的小说《审判与被审判的》，表面是一个经济案件，但在深层触及了中国和日本这两个国家里一些国民性格的讨论。在"九一八"纪念日编发这样的稿件，也算是别有一番滋味在心头了。而王亚男的《盗墓》除了那些比较专业的细节描写，更多地让我们想到当下中国，层层积淀并深藏于地下的文明遗迹，被金钱激发的无序而疯狂地翻掘的现状。在我国驻南使馆被轰炸的时候，我们看到了情绪高昂的爱国的中国人，但在日常状态下，有许许多多的人，真的不爱我们的国家，也不爱我们的文化。

是的，科幻小说里最最关键的因素是未来，是科学，是想象，但也需要一些真切的现实感。而中国科幻小说正在建立这种现实感，正在当下的现实中寻找坚实的想象基础，并且，努力做出我们自己的判断。

直面死亡

为什么讨论死亡

前不久，应邀去某市签名售书，中途被一位中学校长请去，要我务必跟她的学生们见上一面。我去了。与学生们见面，谈谈科学，谈谈幻想，也是很有意思的事情。

陈校长谈到她如何对学生进行正面教育时的一些事例也很有意思。其中一件，她给学生这样假设：如果你刚刚死亡，想象你的亲人或朋友会用怎样一句话评价你?

这位有着新鲜教育思想的校长，就这样把死亡很切近地呈现于花样年华面前。对于这些学生来说，最富有的大概就是时间，大多数情况下，学生的放任与懈怠正是因为觉得来日方长。现在，这个假设使死亡之神一下站到面前，使你不得不像老人一样回首往事，对自己的一生做一个总结。结果，陈校长说，学生们写有关理想的命题作文时那种高调大多都消失了。在作文里，学生大多都是要成企业家、政治家、艺术家和科学家的，当学生们被诱导着在想象中反观自己的一生时，每个人对自己的评价变得真切实在了。有学生说，我是一个孝顺的人；有学生说，我的亲人们说，我是一个负责任的人；有学生甚至设想自己因公死亡，并希望他的同事们说，这是一个踏实的人。

　　这使我突然想起哲学家苏格拉底临死时的情形。他不得不饮下了统治者赐予的毒药，苏格拉底躺在朋友们面前，感到毒药马上就要进入心房了，他说出了一生中最平实的一句话。他说："我还欠阿斯喀琉修斯一只公鸡，不要忘了还给他。"

朋友问他还有什么愿望，毒药已进入了心脏，苏格拉底再也不能回答。

我在写了《生而为人》后，才决定来写这篇文章，与大家一起直面死亡。但是，我还在犹豫是不是要在青春的波光里投射下死亡灰色的阴影。

直到在日本结识了作家洼岛诚一郎先生，才坚定了我的想法。洼岛的父亲水上勉是日本当代的著名小说家，初中语文第三册便选用了他的散文《母亲架设的桥》。在京都拜会水上勉先生，我们谈他的话剧《沈阳月亮》时，他突然问我在长野是否见到了他的儿子洼岛诚一郎。我告诉他，在长野的两天都是由洼岛先生导游的。在这两天的导游中，给我印象最深的就是这位作家创办的两家美术馆，专门陈列早夭的青年人的作品。在洼岛先生的美术馆里，没有杰作，但可以感到这些画家有朝一日可能成为大师。可是，当他们20多岁，青春与生命刚刚展开，并在画布上寻找最适合的展开方式时，死神降临了。就像美术馆门前的那树樱花，还未到达最盛的花期，就被一夜暴烈的风雨无情蹂躏了。

在长野车站道别的时候，洼岛说：请径直走吧，我不习惯告别。

我停下来，问他：为什么要建筑这样的美术馆。

惯于沉默的他，沉思良久，说：也许只有死亡才能展示生命的价值，生命中天赋才华的价值。

说完这句话，他便转身离去，高大的身体有些伛偻，多少年了，他就这样行走在日本列岛，寻访搜集那些未及展开才华与生命全部美丽便辞别了人世的早死的艺术家的遗作与事迹。坐在时速200多千米的现代化火车里，我又想起了这篇文章，并且再次确认：要认知生命的价值就应该直面死亡。

科学使什么都改变，包括死亡

当我们要认知死亡时，第一个问题便是给这个词语一个明确的定义。在文学作品中，在电影里，死亡出现得各式各样。烛光照耀，一个人脸色苍白而安详，家人与亲友们围满了床前，有谁发出了隐忍的啜泣。深陷在白色枕头中的人发出最后一声叹息，好像

222

满足，又好像有些遗憾。烛光摇动，一丝笑容浮出并且凝固。是的，这是生命寿终正寝时的应有场景。死亡令人悲伤，但是，我在想象自己的死亡时，会自动选择这样的场景，因为这其中包含着很多的美感。

但是今天的死亡早已不是这样。

一位医生对我说，现在一个垂亡的老人不可能那样平静地与世界、与亲人清醒地告别了。现在一个垂死的人往往是在昏迷状态下辞别人世的。鼻子、嘴巴，甚至静脉都插上了各种管子。有时，身体上的一些部位被切开，再插上一些管子。生命就这样在现代科学的支持下又延长了一些时候，但是，很多生命是在昏睡，或者是在充满痛苦的条件下被延长的。也就是说，病人失去了对于生命的自主能力。

出现这种状况，是因为现代科学正在使死亡的定义发生变化。在古代或一个较为原始的民族那里，死亡是相对简单的，每一个人都可以判定另一个生命是否已经走向了终结。而在现代社会里，死亡变得复杂了。也许我们可以感受到一个生命如何在一个躯体中委顿，直至终止。但从法律上讲，你无权判定并宣布这个人的死亡。在这个事事都正标准化的社会里，死亡也需要特别的定义。

一般而言，一项完备的法律中，有来自于医学界的关于死亡的精确定义：所有生命机能的永远停止。这就是死亡。也就是说，人的某些机能的失去，可以理解为一个生命的部分死亡。比如，失去双腿，是行走的死亡；失去眼睛，是观察的死亡。

真正的死亡在医学上是特指两种现象：大脑功能、血液循环系统和呼吸系统自发功能的停止。是的，这就是真正的死亡。这个死亡是一个平常人无权鉴别的。这要医生来严肃地宣布。但是，最高明的医生有时也会面临一些看来简单，细想起来却是有些棘手的问题——一些正在改变生命定义的问题。

比如，一个人的心脏一旦停跳，血液循环便会终止，因为失去了动力，肺部也停止工作，呼吸系统也随之停止工作，大脑因为缺血与缺氧而窒息。这个人便完全死亡了。但医学技术的进步，可以给心脏安一个用干电池作为动力的起搏器，使疲惫的心脏像一只水泵一样恢复工作。一旦电池耗尽，就必须另一次手术，来更换一只电池，否则，这个生命系统便会停止运转。于是，一个疑问便产生了，这个因一个起搏器而延续的生命，算是一个人工的生命，还是一个自然的生命？那么这个人工的生命，与未来社会中可能出现的高度智能化的仿生机器人有什么本质的区别呢？与我们这些自然生命又有着什么样的分别？

我们都知道双肾是人体中的一对毒素过滤器，双肾功能衰竭的人，会很快被自体中的毒素杀死。现代医学的器官移植术，可以把另一个人体内的肾脏移植过来，以此延续生命。这其实是中止了一个机体的自然过程，用人工的方式来使个体的存在时间得以延长。还有人移植了另一个人的手，当这只手向我伸过来，我会想到另一个生命。更何况，由于基因技术的发展，在不久的将来，一只猪身上可能长出一颗适宜移植到人体的心脏。前一段时间比较引人注目的科技新闻中，有一条就是在一只老鼠身上长出了人的一只耳朵，这张照片曾经在媒体上广为传播。

用更长远的眼光看，因为科学技术的进步，人体会变成一台机器，身上的任何一个器官都可以像机器部件一样随时更换。那时的人会遇到一个难题，那就是以一个什么样的标准来判定人的死亡。是全部器官都已经更换了一遍、两遍，还是三遍；或者说那时就像消灭了某些疾病一样消除了死亡。死亡太多是一件恐怖的事情，死亡的消失则更为可怕。生命的规律就是由死亡给新生腾出空间，换句话说，没有死亡便没有新生。人人都不愿死亡，惧怕死亡，也便杜绝了新生命诞生的权利。所以，我们说，是科学教会了我们正视死亡，同时，也迫使我们以更严肃的方式思考死亡对于世界的意义。

面对生命：医生的两难选择

人性中有善恶正邪，生活中便有对生命个体的褒扬惩戒。最严厉的惩罚就是死刑。人性本身的复杂性使得人类一方面拼命研究延长生命的方式，一方面又用强行结束一小部分人生命的方式来保障整个群体的利益。我看过一本书，便总结出了40多种处死人的方法。

总体说来，随着文明的进展，死刑的执行是从公开血腥变得隐秘与痛苦较少。最新的一种方式是注射致死。这种死刑不再像过去的死刑一样，由专门的刽子手拿起屠刀或绞索，而是由具有医学知识与技能的人像注射抗生素一样，给临刑的人注射致命的毒药。这成为医学界面临的一个悖论。

第一个注射死刑于1982年由善于创造的美国人在得克萨斯州施行。

被执行者叫查理·布鲁克斯，他在试图偷汽车时杀死了一名修理工。他的死亡时间为七分钟。一位现场目击者为这七分钟留下了一段记录："一种化学液体通过针管流入了犯人的体内。当透明的液体流进他的身体时，他一直大睁着眼睛，目光充满了紧张。突然，他开始紧张，透不过气来，尽管被皮带捆绑着，他的右臂剧烈抖动。随后，他打了一个大哈欠，闭了眼睛，又困难地喘息了约十五秒，最后，一切都停止了。"资料显示，这种致人死亡的针剂由三部分组成：第一是使人丧失意识的硫喷妥钠，第二是麻痹心脏和中止肺部活动的溴化双哌雄双酯，最后是用来终止心脏跳动的氯化钾。这种死刑要求专业人员的积极参与，于是，医生便被推向了前台，来充任刽子手或刽子手助手的角色。

在另一种情况下，医生面对着死亡时，那种境况也相当微妙，那就是安乐死的问题。医生的使命从古至今到将来都是救死扶伤，但是，有些时候，被医疗技术维持着生命形式的绝症病人，其实是在极度的痛苦中苟延残喘，这时生命延长其实是延长了生命中不能承受之痛，而不是生命的美丽。于是，有很多病人便要求结束自己的生命。这时，就需要医生出来帮忙了。这样，也就对医疗这个行业的古老定义发起了巨大的挑战。正因为如此，全世界只有极少数的国家开始施行安乐死。

是的，人有生存权，但是人也许真的应该有选择死亡的权利。

人选择死亡是为了使生命更完美、更具尊严，而不是为了选择更多无谓的痛苦。

"界外"寄语

很久以来，就想在杂志上开一个专栏，介绍一些通常称为主流作家的小说家们所写的幻想性作品，这个栏目的名字就叫"界外"。这个"界"当然是科幻界之界。这个"界"，本来只是一个文艺类别的区分，但很多时候，却也成了我们画地为牢之界，一度成为见识与思想的边界。所以，我们需要跳出界外。

介绍一些界外的幻想性作品在科幻杂志上发表，对于读者来说，可以知道，想象力创造的美丽世界远比科幻领域要广大。文学的幻想性从其诞生的那一天便已存在，古今中外的文学莫不如此，并不仅仅只是科幻文学的专利，超凡优美的想象力也绝非仅仅为科幻小说家所专有。

想想首部科幻小说《弗兰肯斯坦》的诞生过程，就可以明白，不同的艺术门类、不同的学科之间的相互交织影响，会产生多么奇妙的结果。作者玛丽本来是一个哥特式小说作家，一个深夜，她和两个伟大的浪漫主义诗人拜伦、雪莱大谈鬼故事而有奇异的梦境。而发生这件事情的迪奥达里山庄又是更早前的大诗人弥尔顿曾经写作过的地方。引发这个梦境进而引发一部伟大小说产生的鬼故事其实不是一个泛指，而是一个具体的传说。这个传说与一个叫弗兰肯斯坦的城堡有关。玛丽曾去过这个城堡，并且得知一位生活于17世纪的炼金术士（后来的小说也多少有着这个传说的影子）。这位炼金术士本是一个医生，同时对炼金术研究颇多，梦想造出长生不老药。他就在那个叫弗兰肯斯坦的城堡中，用盗挖坟墓得来的尸体进行种种耸人听闻的实验，并最后死于自己制造的用尸体熬成的长生不老药。这位术士的方法是把这种药液输入尸体使人复活，而玛丽是受了当时科学实验的启发，改用电流来激发。在玛丽那个时代，报纸上就报道了这样的实验："实验将尸体通过电线相连接，在程序最先作用于脸部的时候，已死的罪犯颚部开始微微颤动，毗连的肌肉都可怕地扭曲了，竟然有一只眼睛睁了开来。在随后的实验过程中，罪犯的右手上举，并弯了起来，而且大腿、小腿部微微颤动，所有的观众都觉得，这个可怜的人好像马上要复活了。"

在《插图牛津英国文学史》中，这部小说有一个非常恰当的命名：科学哥特小说。

促使这部小说产生的错综的原因，更值得科幻作家来深思。

对于从别种门类的文艺形式中吸取滋养的问题，从理论上讲，我们都承认可以而且应该彼此借鉴。但在实际操作中，对于某种艺术门类因偏爱而产生的尊妄之心却会让真正的研究工作陷入空谈。做了这么些年的科幻小说编辑，我就深感我们年轻的写作队伍中，存在着就科幻论科幻者多，跳出这个圈子，从更大的一个视角来讨论问题者少有。所以，在许多讨论中，虽然大家都投入了很多的热情，却鲜见真正有创新的意见，反而在一些基本的概念上便陷入一些不必要的意气之争，徒费心智与精神。胡适曾经提倡少谈主义，而多做建设性的工作。这个观点放在政治上看，可能有违当时的社会风潮；但放在学术的层面上，不能不说是至理名言。

基本概念的讨论，可能导致的只有两个结果。一个是可以说清的概念早已说清，如果在你这个领域未曾说清，很可能在别的门类中已经说清了。而且，这种说清并不是一帮人跟另一帮人争吵的结果，而是一部成功的作品出现，使这个问题不再是一个问题。再一个结果是，越是基本的概念，越是边界模糊，从古到今，就从来没有说清过。主要原因是，有太多的作品不断在不同的甚至相反的方向上取得成功，从而不断拓展并丰富这些基本概念。最后，这个概念成了一个很大的意义集合体。而我们的争论往往将其简单化。最直接的例子就是，此种观点的人拿一些成功作品来证明自己的正确，但另种观点的人，也同样拿着足够证据来证明你的不正确。从逻辑的自我满足来看，双方的结论都是正确的。但创作的问题远非一个三段论式的辩论那么简单。逻辑的正确并不等于文学见解的正确。其实，这不是论据的问题，也不是论题的问题，而是这种言说方式的问题。言说方式之所以出问题，正是因为常常有人抱有一种不可能实现的野心——把人类丰富的文艺活动与实践进行简单的归类，并武断地判定哪种类别正确或不正确。

在文艺创作活动中，野心是受到鼓励的。但这种鼓励从来都是指向明确，即鼓励通过不断创新、不断丰富的表现手段，写出令人耳目一新的作品，而不是啸聚于某个山头，自开论坛，争当不负责任的意见领袖之类。

而对于还相对年轻的中国科幻队伍来讲，要取得更大的进步，要多做建设性的工作，对于一个真正的创作者来说，他的工作的建设性无非体现在两个方面。第一，多写，并在写作的过程中多做尝试；第二，多看，多看成功的作品，长期坚持，肯定会提高艺术趣味，并了解更多的艺术规律。科学幻想小说发展到今天，样式与风格越来越多，早已经不是当初诞生时的样子。如果还用《弗兰肯斯坦》做标准，那这两百多年的成果合格的可能不多。中国的科幻小说刚刚起步，更不能囿于某种范式之中、某种僵硬的标准之下，而应该追求更多的变化与创新。

这便是我开这个专栏时想说的话。

多年以来，我们都在讨论科幻小说中国化的问题。但囿于科学与非科学的争执、软与硬的争执，而没有很好地开掘中华文化中的很多幻想性资源。现在介绍《王佛脱险记》这篇中国题材的幻想小说，应该给我们一个很好的启发。十多年前，初读这篇小说就让我激动不已；十多年后，重温这个故事，小说的奇妙构想仍然让人倾倒。可惜，这位伟大的法国当代作家关于中国的作品，仅此一篇。

幻想中的现实，还是现实中的梦想？

　　"界外"中的《王佛脱险记》，故事题材与意境都非常中国，却是一篇外国小说。

　　用国外的小说打头，除了那小说的好，还有一重用意，消解读者思想上的有意无意的抵抗。因为那篇小说确实好，但换一个国人的名字，恐怕就会有许多质疑之声了。在中国，往往有这样的情形，东西有两种好，一种是界内的好，界外的差。再有就是中国的次，外国的好。这差不多已经是一种文学鉴赏上的潜意识了。

　　事实却并非如此，即使是我们定义为幻想性的文学，在界外也有好作品，而且，这样的作品就产生于我们的身边。比如这一期介绍的《做梦公司》。作者何小竹是我多年的诗友，不仅如此，小说里提到的有名有姓者，如杨黎、蓝马、吉木狼格等都是有名的先锋诗人。他们去重庆拜访的李元胜也是优秀的诗人。前些时候，在机场看到两本印刷精美的《中国昆虫记》，见署着与诗人同样的名字，打开书，果然就是一幅这家伙端着相机瞄准一只舞着刀臂的螳螂的照片。这次旅途，元胜这些别开生面的影像昆虫记和涉笔成趣的文字成了很好的旋律。十多年前，何小竹辞去公职涉足商海，同时也开始在写诗的同时写作小说。这篇小说，今年才发表于国内一份杂志的8月号上。这是我读到的他直接写从商经历的第一篇小说。

读者要问了，这不是一个幻想小说的栏目吗，怎么说到作者从商经历上去了？

而我要说的，正是作者经商时的一段经历。更准确地说，是要记录一次幻想与现实的正面交锋。

现实，现实追求，从来是社会生活的绝对主流，是人行为的主流，也是观念的主流。一群诗人，介入了商业，却想把梦想从脑子中取出来，到现实的银行中兑成现款。其实，这种兑现的可能性是存在的。比如故事、音乐、体育比赛、赌博、游戏（尤其是网游）都不同程度地满足着人们超越现实进入梦想的企图。只是那种进入没有出售梦境这么直接罢了。其实，仔细想想就会明白，使这种兑现成为不可能的唯一障碍也是因为这个社会的主流观念不相信这种可能性，而不是这种可能性的不存在。

但我真正想说的话，并不是这种对作品的意义的解读。如果意义仅止于此，也就没有必要在这个栏目中来介绍这篇小说了。

中国当下的科幻小说创作，大家在讨论其短长的时候，往往都集中在一些概念的层面，而没有更深入内部的细致梳理。或者说，我们对小说的幻想特性或许更多一些关注。但是，关于幻想最后依靠什么样的特质，或者说，可能通过一些什么样的途径，对如何征服人、感染人这样的更具体的问题缺少思考。同样，对于幻想与现实的关系，或者说，幻想中的现实感与现实生活中的幻想因素之间互相包含互相生发的现象却关注甚少，甚至是没有关注。所以，我们的幻想永远都是空中楼阁，而不能融入我们从现实生活当中得来的切实感受与经验。在科幻小说中国化过程中有突破性成就的王晋康与刘慈欣，写出了一系列的具有特殊的中国气质的作品，得到很多读者喜欢，一个最最重要的原因，就是其幻想故事中强烈的当下感，在大多数情况下，当下感就是现实感。而不仅仅是因为采用了什么样的题材的问题。对于好的小说，读者可以只要直观的喜爱。但对于编辑，对于评论者，对于后继而起的作家，却不得不有更深入细致的研究。

如果说，王晋康与刘慈欣是在幻想性中开掘现实感而取得成功，那么，这里介绍的《做梦公司》，就是反其道而行之，是在现实事件中找到特别具有幻想魅力气质的因素，加以剪裁与不动声色地点染，而具有了一种特别的诱惑力。而且，作者对叙事语言与节奏的把握能力也非同一般。

我经常在不同的场合讲，科幻文学要取得突破性进展，一定不能仅仅把眼光囿于科幻这个狭窄的领域，仅就文学而言，我们也要特别注意向历史更长、积累各方面经验更多、创作队伍无论从天赋才情还是人文视野都更为深广的主流文学界学习，但响应者甚少。这不能不说是一个很大的遗憾。国外的情况我们不谈，即便只是着眼于国内，这些年来，主流文学作家偶有幻想性的作品出手，往往品质不凡。

而科幻界自身，把太多精力用在各种各样的场合与各种并无太大影响的媒介上，忙于科幻与非科幻的界定，忙于硬与软的区分，甚至还带动一批热心读者也身陷于各种意气之争当中，这其实是一种相当不健康的，至少是过于急功近利的现象。而文化建设，实实在在是一个长期积累的过程。这样做的结果，除了可以维持少数几个人在圈子内的一点点无足轻重的知名度外，对中国科幻，对幻想类文学的建设并无任何积极作用。一个作家的成功，是这样，一个刊物的成功，就更需要做许多切实复杂的具有建设性的工作，《科幻世界》一直做着这样的工作。当然，我们只是说我们是怀着这样一种良好的愿望来工作，并不意味着说已经做得尽善尽美了。但怀着这种愿望，加上一些切实的措施保证，就可以预期，我们可以和负责任的作家一道，为读者提供更多更好的作品。

有趣的比照

　　去年春天，中法文化年，我作为法国方面邀请的书展嘉宾，去巴黎待了一些天。文化交流，无非就是读者见面会、讲座、宴饮等，跟国内同类活动大致相若。所谓太阳之下无新事也。但此去终归不是中国城市，而是法国巴黎。所以，每天去往各种活动场所，又回到酒店，都会不断横越塞纳河上众多的桥梁，都经过协和广场，所经之处，常看到入了名胜手册、常在图书与电影场景中见过的各种建筑。只有这时，才想到这真是在巴黎。夜深人静的时候，站在酒店的阳台上，可以看见蒙巴特高地，仿佛一个美丽岛屿，漂浮在夜巴黎如梦如幻的一片灯海之上。

有同行的革命作家讲，蒙巴特高地上有巴黎公社遗址。但我眺望那片耸峙着众多古老建筑、街巷曲折复杂如迷宫的高地，更多想起的是20世纪前半叶活跃在那里的艺术革命者。说到此，很多人会想起毕加索等等越来越金光闪闪的名字。不，我想起的是，那些更可能被历史淹没，而不是日益被金钱社会呈现的人。我想得最多的两个人，一个是诗人阿波里奈尔，一个是短篇小说家埃梅。我熟读过他们的作品，现在，我站在蒙巴特高地脚下，却只是远眺，而没有去亲历的欲望。如果去到那里，会有几间名字熟悉的酒吧或咖啡馆。小说家埃梅在那里写出了他那些构思奇巧、短小精悍的小说。我还知道，那里，拥挤的空间中还有一个以小说家的名字命名的广场。这个广场肯定不能与协和广场等量齐观，想必不过是一个稍微轩敞的几条街道交汇处而已。但法国人总归以此方式，来铭记他们未必伟大，但却对小说艺术做出了独特探索与贡献的作家。

这样的夜半，我站在酒店的阳台上，想到埃

梅，想到那些曾经活动于蒙巴特高地和整个巴黎的，来自于前世界的艺术家，想到自己刚刚二十出头，并无熟悉文化路径者指点，就与这些大师一一遭逢，心头充满对神秘命运的敬畏之感。那是20世纪80年代初，我刚刚脱离蒙昧困顿的乡村生活，在偏僻的乡村学校里有了一个职位和几十块人民币的薪水。但就在这样最不可能的时候、最不可能的地方，我和这些大师遭逢了。

埃梅就是这种给我小说观念形成产生巨大影响的大师之一。至今，我还记得人民文学出版社当年出版的"外国当代文学丛书"的总体设计，记得作为丛书之一的埃梅短篇集封面的图案与色调。就更不必说，当初是如何折服于作家在短篇小小的尺幅间、在现实摹写与超群想象之间自由穿越，以现实感为自由想象的铺垫，以自由幻想超越生活，更深刻揭示与人生、与世事的况味，从而达成更美妙的艺术真实的天才了。想来，后来所以会有心来做科幻或幻想类文学的出版工作，也与早年这种阅读经历深切相关？这是另一个话题了，打住。还是来说埃梅吧。

从巴黎回来不久，一天逛书店时，突然有本书在眼前一亮，就是因为埃梅这个久违的名字。马上买了，是当年那一本的再版，只是换了封面。不及回家，就在书店旁的咖啡馆买座先读为快。开篇就读《穿墙记》。是的，是的，主人公是身份低微的小职员，类似的形象在果戈理的小说里已经出现过了，但埃梅不是果戈理一般只在现实层面精细刻画，他不想让这个小人物被生活淹没，而是要让这个小职员活色生光，所用手段就是幻想。就是让他具有超凡的本领：穿墙。使小人物获得奇异的能力，使他先为这种奇异能力惶恐、害怕，然后意识到自己可以运用这种能力来惩恶扬善，最终，反抗命运，挑战不公平的社会。当然，结局还是更符合社会现实规律的个人英雄的失败。这个失败甚至谈不上悲壮，不过是因为那些奇异的穿墙能力无故消失罢了。

我之所以介绍这篇小说，并不仅仅因为我个人文学道路上那些奇妙的因缘与情愫，而是想让我们的科幻编辑、作家和读者把这篇作品来比照一下科幻领域里的蜘蛛侠、超人一类的形象，我想，这会是一个有趣的比照。这种比照，会让我们看到主流文学与通俗文学之间，真正的作家文学与类型文学之间，一种奇特的关系。相比而言，后一类作品，更多幻想，更多英雄崇拜，更刺激好玩，也更天真烂漫罢了。

关于村上春树

村上春树如今已是一个时尚的符号。

是前年吧，因为不知情，从非典严重的北京出发，经香港去了台湾。到了香港，机场空空荡荡，满眼都是各式各样的口罩，再看报纸电视，才知晓非典疫情和人们的恐惧已经如火如荼到这样一个地步了。所以，到了台湾，照样四处出没。其中一个重要的场所，就是书店，何况台北还有一条书店街呢。

那时，书店里最畅销的书就是村上的新书《海边的卡夫卡》。回来，在北京机场，便已见到了盗印本。这书走得好像比非典还快，可见村上的流行程度。那天，在机场海关，因在台北买的一些佛学书，受到严查，而必要的疫情检查却一点没有。那么多人严阵以待关心我们的精神，而不是我们的健康。当时我对此表现得相当激愤。《海边的卡夫卡》的宣传案，里面好像写了很多的美食，但因书受了严格盘查，书的地位在心中便更具神圣感了，当时的心情与庖厨之乐就远隔千里万里了。

再者，对一个老书迷来说，村上已经不是一个新鲜的名字了。

记得80年代的某一年，几个人因为一个文学会议到了桂林，正好当时出版当代外国文学较多的漓江出版社就在此地。大家都到出版社淘到不少好书。其实，不需要去出版社书库，大街上差不多每一个书摊都有该出版社的两本新书，一本纳博科夫的《洛丽塔》，再一本就是村上春树《挪威的森林》了。《洛丽塔》封面做得相当火爆，《挪威的森林》稍好一点，但也非常的与主题无关，封面图像真有森林，仿佛一本德富芦花之类的日本作家的自然散文一般。

但那的确是一本好书，写那样一个在成人与少年的过渡阶段上的青年人的生活，只有《麦田守望者》与之相当。

之后，村上就远去了。那个时候，真正占住读书人视野的日本作家是三岛由纪夫，是川端康成，再晚是大江健三郎。中国人喜欢川端与三岛由纪夫是真的喜欢。大江健三郎，我是真不喜欢。但这个时候，已经90年代了，出版商与媒体合谋的力量已经初步显现。更何况，大江还挟带了一个诺贝尔奖的声威，就更是所向披靡。再之后，除了盗版卡通之外，就是村上的卷土重来了。一进书店，村上春树都声势浩大地霸占着书架上很大的面积。这种风头，据说与比我更年轻、更年轻的读者的追捧有关。虽然自己做着青年人的刊物，但很多时候，我对比我更年轻的人阅读趣味持着谨慎的怀疑。但喜欢村上的理由是什么呢？好办法往往也是笨办法，就是找一些村上来读，着实也读了不少。慢慢从他那些多少有些苍白的粗糙的文字中读出一些好来了，苍白是因为很多作家的文字，都追求与这个文字背后的那个国度或民族的文化有所契合，但他显然没有这样的追求。有评家是这样说的：

"书中冷静疏离和经常带有戏谑语气的叙事者似乎为生活在儒家严厉宗族制度下的读者提供了另一种出口。"就是说，这也是一种解构与颠覆。跟周星驰的无厘头要的是同样效果。村上的文字总是后有重兵追击般地匆忙，不肯在某处停留一下，稍作盘桓，从小说技巧上讲，这样的盘桓之处，正是美感产生之所。

那么，剩下来的就只有故事了。今天很多人写小说，成名的被题材所限定，未成名的被题材所苦恼。好像天下故事都被人写尽了一般。但村上在这方面得了大自由，想写实就写实，想幻想就幻想。偶尔，还有些篇目，还在临界处写得扑朔迷离、虚实难辨。这里推荐的《电视人》就是这样。除了电视人外，其余都是很写实的当下场景，但这电视人，和电视，却使小说不一般起来。停留在一般的层面上，小说写得神秘，好玩。往深一点说，可以还有些微言大义，但现在的读者往往拒绝意义的探讨，反正我这里也不是作博士论文，不说也罢。

最后，只想说，如果让我在上述几位列了名的日本作家中选择，首选是川端，村上第三，虽然得了诺贝尔奖，但大江还得垫底。如果再说此文没有提到的，比如也写科幻小说的安部公房，诺奖得主还得往后挪挪屁股。

一个传统题材开掘的成功范例

　　《小谢》这篇小说原载蒲松龄的《聊斋志异》。由于文言文体的简洁，整个故事也就两千多字。这个文本不是市面上常见把古典语言本身都变成了白话，从文学意义来讲，这种普及有什么意义，我表示怀疑。所以，我个人虽不反对，但绝不喜欢那样的译本，但这个白话译本不同，它是从英文翻译过来的。在这之前，由中国作家林语堂用英文写成在美国发表。他当时所以要用英文"重编"这篇小说，是认为这是"中国最著名的短篇小说杰作"，"具有远方远代背景与气氛，虽有异国情调与稀奇特殊之美，但无隔阂费解之处"。

林氏用英文"重编"这些中国小说给外国人看，时间大概是20世纪的三四十年代。到80年代，又随着林氏价值的重新发现，用中文翻译回来给中国人看。

我爱在这类读书笔记中提购书的故事。1990年，第一次去湘西。得到这本书是在沈从文写为边城的那个小镇上。设计并不漂亮的封面上几个字"中国传奇"，摆在灰头土脸的书店橱窗里。如果在城市，这本书肯定会从眼前一晃而过，但在那样一个山高水长的地方，古镇，古渡，肩上站着鱼鹰的渔人也有着很古的目光。这本书要取来一看，也就是肯定的了。很快，就躺在夜行的船舱里读完了这本小说。一个故事从中国文言到英文，再到白话中文，这种转折，真给人一种奇异的感觉。几次转折，都给一个熟悉的故事增加了陌生化的效果。在布莱希特那里，这个效果叫作"间离"，是现代派文学孜孜追求的审美效果之一种。除了少数几个爱书的人坐在一起时说说这个感觉，我也试着用此方法，去翻版过一个藏族民间故

252

事，写成一个短篇叫《阿古顿巴》，至今，还是我的得意之作。去年，有出版社出了林语堂文集，买了一套，这本《中国传奇》又在中间，于是厕间枕上，又读了一遍。因为正编着手里这些杂志，时时接触中国幻想文学的发展与去向问题，觉得这篇小说，或者是说这本小说提供的一些经验，是值得一说的。

最值得说的，共有两点。

第一点，关涉我们经常讨论而又常常没有结果的幻想小说如何中国化的问题。中国化的问题，最深层的当然是中国文化的精、气、神，即所谓文化气质。但这个问题对于现阶段中国幻想文学来说，太过尖锐，可以暂放一边。当下中国幻想文学创作实践中，更重要的还是题材问题。本来，中国神话、中国的传奇故事、中国丰富多彩的幻想性很强的民间口头传说，都是很好的取材对象。但我们的作者往往视野过窄，对这个知识宝库的重视程度是相当不够的。在这方面取材而成功者，大概也就《偃师传说》与《潮啸如枪》两篇东西了。放下科幻小说不谈，即使是当下很火的奇幻写作，取材乍一看都很中国化，但这个中国化是肤浅的，因为那是来自金庸等新武侠的中国化。写历史、写人，手段与视角都相当雷同而且单一。所以，也是非常可疑的中国化。其实，中国传统提供的素材远非武侠一路这么简单。林氏这个短篇故事集叫作《中国传奇》。所选篇目一共20篇。这些篇目又按题材分为"神秘与冒险""爱情""鬼怪""讽刺""幻想与幽默"和"童话"等小辑。其实也说明了题材类别上的丰富性。《小谢》一篇，放在"鬼怪"这一专辑下面。

　　林语堂说："鬼在中国文学上，不外吓人与迷人两端，而以迷人者为多。"我补充一句，《聊斋志异》这本杰出的幻想小说里，这样的故事，真是比比皆是。个中况味，提供给我们的启示是意味深长。但限于小文的篇幅，打住。但我特别希望首先是幻想小说的编辑们带头来研究这个问题。

　　第二点可以讨论的问题是语言。前面说过，这篇小说经过了两次翻译，其中从文言到英文的一次特别重要，一来因为不是同一语种，二来，林氏自己也说，"本书之作，并非严格之翻译。有时，严格翻译不可能。语言风格之差异必须加以解释，读者方易了解，而在现代短篇小说技巧上，尤不能拘泥于原文，毫不改变，因此本书采用重编办法，用新形式写出"。

　　他的这些话，如果放给翻译界去讨论，肯定一片责骂之声。但我们不是要做翻译家，更不要做翻译理论家，我们的着眼点，是这种方式给创作带来的启示，我们需要思考的是，这种方式，带给我们的启示是什么。如果把翻译理解成一种转写，那至少在《中国传奇》这本书里，我们没有看到寻常翻译中的信息损耗，我们反而看到了增加。那么，这种"转写"成功的经验，对于我们如何开掘利用中国传统题材，在幻想文学领域内开辟出一片新的天地，肯定是大有助益的。这好像又回到了第一个问题，还是来说语言。中国文言是很优美的，但转写的语言呢，大致的看法是不可能优美。之所以造成这种看法，是因为很多硬译确定不够优美。但这篇白话版的《小谢》，增加了我对转写的信心。所以，我想引聊斋原文中开头一部分，大家可以对照原文，看看如何转写，如何考虑当代读者的接受心理而有所增加，更要看看，白话文也可以怎样的韵味悠远。更有心者，要对照文言原文研究一下，也很简单。网上随便一搜，都可以找到。

附《小谢》文言原文一段：

渭南姜部郎第，多鬼魅，常惑人，因徙去。留苍头门之而死，数易皆死，遂废之。里有陶生望三者，夙倜傥，好狎妓，酒阑辄去之。友人故使妓奔就之，亦笑内不拒，而实终夜无所沾染。常宿部郎家，有婢夜奔，生坚拒不乱，部郎以是契重之。家綦贫，又有"鼓盆之戚"；茅屋数椽，溽暑不堪其热，因请部郎假废第。部郎以其凶故却之，生因作《续无鬼论》献部郎，且曰："鬼何能为！"部郎以其请之坚，诺之。

从科幻杂志成长起来的科幻大师

——话说海因莱因兼说约翰·坎贝尔

20世纪30年代和40年代，是美国科幻小说史上一个群星闪烁的时代，名家名作层出不穷。科幻杂志在经坎贝尔等一批能敏锐感觉到大众阅读趣味变化，而且眼光长远的出版家推动下，形成了一个前所未有的繁荣局面。

这个时期因此被称为美国科幻小说的"黄金时代"。

阿西莫夫甚至给这个时期定出了一个明确的起止

时间：1938年到1950年。

1938年约翰·坎贝尔放弃自己的写作，去做了《惊奇故事》杂志主编。在此之前，他与E.E.史密斯在太空史诗的创作上齐名，并以唐·A.斯图尔特做笔名发表了一些更具艺术性的短篇小说。坎贝尔作为一个杰出的出版家，成功地通过自己培养起来的一代作家，给了科幻小说一种新的定义，他所主编的科幻杂志引导了黄金时代一批作家与一批读者。可以说，坎贝尔以自己的思想与独特的工作塑造了《惊奇故事》，《惊奇故事》又造就了一代成功的作家，这些作家又主宰了那个时代成千上万读者的信仰与想象。

从文学史的眼光看，任何一个繁荣时代，除了居于主流位置那些已经被公众全盘接受甚至受到崇拜的作家会构成一个庞大的群体，更会有许多富有潜力的新人崭露头角，他们的作品为这个繁荣时代增加了丰富的和声，同时，也预示了一些新的可能与变化。这些人，这些作品往往预示着一种转折时期的到来。凡尔纳、威尔斯和阿西莫夫等都不由自主地在科幻文学史上充任了这样的角色。如果说，凡尔纳的出现更

258

大程度是出于自身的才情发挥，而威尔斯的出世，使科幻作家和雨果·根斯巴克的科幻杂志已经是一种相辅相成的局面。当世界上的第一本科幻小说杂志于1926年出版创刊号时，威尔斯的名字就赫然出现在封面上。这样，科幻作家与科幻杂志相互成就的局面开始出现了。

黄金时代开始后，这种局面又有了新的发展。坎贝尔作为一个对科幻小说有着自己独特理解的出版家，更是培养了整整一批卓有建树的新锐科幻作家。而阿西莫夫和这里向大家推荐的海因莱因正是其中的杰出代表。

美国著名科幻作家和科幻评论家冈恩先生就说："第一批科幻作家产生于通俗小说家的行列，这些作家为各种类型的杂志写各种各样的科幻小说……第二批科幻作家是完全由科幻杂志培养起来的，他们在科幻杂志的鼓舞与教育下，一心一意献身于科幻创作……第三代科幻作家则野心勃勃，想成为新的阿西莫夫或海因莱因。"

我们之所以承认他们的杰出，除了他们在这个时代保持了一种鹤立鸡群般的姿态，更重要的原因还在于他们的作品，已经出现了影响科幻小说进入另一种阶段与状态的先声。

说到这些人，我会透过盛名笼罩下的光辉，想起他们劳作时的姿态。在我想象中，他们就像杰克·威廉森笔下那些小行星带上孤独的采矿工。因为从本质意义上讲，创作也是一种劳动，一种孤独的寻宝者一般的劳动。这当然是指创作活动本身而言。只有他们的这种劳作成果得到了社会的广泛认同，他们身上才会笼罩上那迷人的灵光。

作家走向读者，走向社会，最终必须通过一个中介：杂志或书籍的出版。在这一点上，即或是在美国这样科幻发达的国家，也曾存在过出版界对成长时期的科幻文学缺乏认同，对这一新兴的文学样式视而不见的状况。最后，是出版业界之外的人涉足出版界、兴办专门的科幻杂志才改变了这种局面。

世界上第一份科幻杂志创办者雨果·根斯巴克是一个电气工程师，正是他所创办的杂志，在1928年的创刊号上，推出了现在被视为大师级人物的威尔斯。之后，一些科幻杂志相继创刊，此起彼伏，到现在，除了专门的研究人员和老资格的科幻迷，恐怕人们已经很难记起这些科幻杂志与杂志背后的出版家和编辑人员。但作为一个编辑人员，这些杂志与人物，却能引起本人更深的探究兴趣。因为论述一个时代的文学风尚，探究某种文学流派和某个成功作家大行其道的原因，出版与编辑也是一个不可或缺的重要因素。

资深的科幻迷，大多都会知道坎贝尔怎样启发阿西莫夫写了其成名作《日暮》。其实，这在坎贝尔的编辑生涯中，并不是一个孤独的例证。提到这一点，我们还得从海因莱因的生平说起。

罗伯特·海因莱因，1907年出生于密苏里州的巴特勒。1929年从海军学院毕业，成绩在全部二百四十三名毕业生中名列第二十名，这种位置也许正是一种可上可下状况的最好说明。毕业后，他顺理成章进入海军服役，曾任军舰指挥官。1934年，他因患肺结核而退役。当他进入大学学习文学后，又不得不再次因为健康原因中断了在加利福尼亚大学洛杉矶分校的学业。随后的几年时间里，他的生活漂泊不定，先后干过政治、银矿开采、建筑及房地产等各种工作。

1939年，他在《激动人心的奇异故事》杂志上看到一则短篇小说业余写作竞赛的通知，从而激发了从少年时代起便潜藏于心中的写作激情，因此便报名参赛。写完这个故事后，他觉得其价值超过了竞赛所允诺的50美元的稿酬。于是，他把这个故事投给了一家杂志。后来，他又把这个故事寄给坎贝尔的《惊奇故事》，坎贝尔很快发表了这篇小说，并付给他70美元的报酬。

从历史上讲，这个时期是一个非常糟糕的时期，当时，美国刚刚从大萧条中摆脱出来，而欧洲正战云密布，面临着世界大战的威胁。但对一个科幻作家，一个美国的科幻作家来说，这却是一个最好的时期。在《惊奇故事》《惊异故事》和《奇异故事》这三本杂志之外，1938年《神奇科学故事》创刊，1939年又有《惊人故事》《著名幻想侦探小说》《惊讶故事》《超级科学故事》《奇异的历险》《行星故事》

《科幻小说》和《未来小说》等杂志相继面世。与科幻杂志出版的繁荣局面形成有趣比照的是，这一时期，几乎没有任何科幻小说以书籍的形式出版，在长达十余年的时间里，美国的电影工厂里，也没有投拍任何一部科幻电影。

在最初两三年里，海因莱因发表了不少科幻小说。一个有趣的现象是，他把写得比较一般的小说投给别的杂志，用化名发表，主要的作品都交给了坎贝尔，发表在《惊奇故事》杂志上。如《格格不入》《安魂曲》《如果这事继续下去》《道路必须压平》《考文垂》《大爆炸》《宇宙》和《玛士撒拉的孩子们》。坎贝尔给他这些作品一个命名："未来的历史"。

美国加入第二次世界大战后，海因莱因以工程师身份进入费城海军基地的海军航空实验站工作。同时，他还说服同时代的科幻作家阿西莫夫和德·坎普加入了这个行列。

第二次世界大战结束后，海因莱因开始新一轮的科幻创作时，科幻小说的黄金时代已经结束了，科幻作家们所面临的情形已经有了很大的变化，首先是40年代风行一时的许多科幻杂志都关门停业，同时，那些具有更多的读者，在社会上拥有更大影响力的一流杂志和报纸开始群出一些有一定的篇幅刊载的科幻小说。海因莱因的一系列作品开始通过这些媒体与读者见面。与此同时，一向把科幻小说拒之门外的出版社也向科幻作家们投来关注的目光。海因莱因的作品相继由好几家出版社出版面世，并在一些更严肃的报刊上发表。

从外部条件来讲，一流杂志与正规出版社往往容易让作家更关注自己的成人读者，而从作家创作规律本身着眼，一个作家的成熟往往意味着更多的人文思考、更加内省的视点、更加广阔的社会场景，这一切所导致的，往往是更加复杂与艰深的叙述。所以，很多科幻作家的作品越来越选择读者，甚至有部分科幻作家转向主流文学创作，也就不足为奇了。而海因莱因在日益走向成熟，创作成就得到越来越广泛的承认时，他的作品还继续在青少年中保持着很大的影响力。他于1947年和1948年先后出版的《伽利略号火箭飞船》和《太空军校学员》，连同他以后创作的青少年题材的小说，成为引导青年一代入门科幻小说的代表性作品。

《伽利略号火箭飞船》的部分内容被完成于1950年的科幻电影《目标月球》所采用。海因莱因与人合作了剧本创作。这部影片标志了又一个科幻电影繁荣期的到来。

同是坎贝尔旗下成长起来的作家，海因莱因与阿西莫夫一样，其作品对后来的科幻小说有重大而深远的影响。他通过自己的一系列作品，扩大了科幻小说的视野，影响力一直延续到以后的数代科幻作家。他的科幻小说不仅故事精彩，而且这些故事都有相对明晰的主题，故事气氛富于时代感。更重要的是，他和阿西莫夫一样，其作品在科幻内容方面，都特别符合坎贝尔所提倡的那种新科幻小说的定义。

坎贝尔认为："小说仅仅是写纸上的梦，而科幻小说包含了对技术社会的希望、梦想和恐惧（因为有些梦想就是梦魇）。"坎贝尔的这段话，见于他为《现代科幻小说》一书所撰写的专稿。而在此之前，他已通过在《惊奇故事》上所发表的作品，对他的科幻小说定义做了很好的说明。当然，更多的时候，坎贝尔作为一个编辑，在与读者和作者的交谈中，在来往信件中，一再重复着自己的观点。下面这段话，可以视为对他上面那个定义的最好补充。他说："要想写科幻小说，而不是幻想小说，作家必须做出真诚的努力，并在已知的基础上做出预言或推断。"他进一步解释说："预言式的推断可以从不同的来源获得，并应用于不同的领域。社会学、心理学和通灵学在今天都不能算是真正的科学。因此，我们必须预见到社会学这门科学的发展，而不是预见今天的社会科学的应用会在未来产生什么样的结果……另一方面，物理学在今天是一门真正的科学，预测必须基于这门已经存在的科学的已知资料之上。"

这些说法，成了那个时代科幻小说的基本原则，影响了一代科幻作家的创作，并且把从凡尔纳和威尔斯分出流派的科幻小说重新统一起来。律师出身的凡尔纳，醉心于写作，是他发现了新技术奇迹般的力量，并造就了一批冒险科幻小说的热心读者。他那些奇异的旅行，不论是从地面抵达海底世界，还是乘炮弹上到月球，还是用当时不可思议的速度环游地球，那些奇异的想象中的旅行都建立在工程技术发展的可能性之上。所以，当威尔斯的名字在科幻迷眼中如日中天的时候，晚年的凡尔纳对那些把威尔斯称为"英国的儒勒·凡尔纳"的人很不高兴，他认为，威尔斯的作品并非建立在硬科学的基础之上，凡尔纳说："我利用物理学，而威尔斯则凭空虚构。"

威尔斯出身于科学世家，自然对凡尔纳的指责感到反感。应该说，他更正确地指出了自己与凡尔纳这位科幻老前辈的异同。他说，如果凡尔纳更关心怎样把一个人送上月球，那么，他更关心一个人到达月球后会发生些什么样的事情。他明确地说："我的作品，是在另一个不同的领域里展开想象的结果。"

坎贝尔在成为《惊奇故事》主编前的作品，被一些作家与评论家认为是标准的凡尔纳式的作品，但他在编辑工作中，并没有墨守凡尔纳的创作法则，他容许并鼓励对非科学进行推断，使之成为未来科学，以致他对科幻小说的看法更接近威尔斯的看法。他说："对幻想小说的作者而言，他必须与读者玩好这个游戏，他必须以各种可能的方式，使读者在不知不觉中感到那些不可能的假设似乎非常熟悉，他必须引导读者保持这种幻觉，从而使故事发展下去。"

一个人有自己的看法，这并没有什么实质的意义，重要的是要让更多的人接受自己的看法。坎贝尔便成功地做到了这一点，并发掘出一大批成功的作家，并和这些作家一起，在统一认识的前提下，促进了科幻小说的繁荣。或者说，是坎贝尔与这些作家们一起，就如何发展未来、认识未来达成了一致的认识。海因莱因无疑是其中最杰出的一位。

他曾经说，大部分人过一天算一天，就是有计划，也是一个相当短的时间段。他说，科幻迷和其他人不同之处在于：他们的思考范围更大。科幻小说就是试图从过去和现在勾画出将来的世界。在海因莱因和阿西莫夫们的笔下，未来的历史包括人类征服空间、殖民月球和其他星球，接下来便是人类进化或生产出各种新的生命形态与发展各种类型的社会。坎贝尔式的作家群与科学家一样，大体上讲来都对未来抱一种乐观的态度。

这种看法，其实也和一个时代的整个社会思潮相关。某种文学流派与思潮的兴盛与衰落，除了文学自身一些规律性的因素外，外部世界的社会思潮，也会产生非常大的影响。海因莱因作为一代科幻小说大师级的人物，作为一个达尔文理论的信奉者，应该算得上是一个乐观主义者。但是，他在军队服役时期的失意情绪，美国30年代的经济大萧条都对他形成了极其重大的影响。所以，很多时候，他又是一个略带悲剧色彩的乐观主义者。而他不正确地把希望寄托于强权人物身上，所以，他一度对法西斯主义比较崇仰，也自有其深层的原因了。他认为，在危机时代，需要头脑冷静、强力决断的人物出来代表人类、领导人类采取必要的行动。所以，他的小说世界总处于危机之中，而这个危机之中的环境与强有力的人物似乎总对弱小者有些冷酷无情。从写作手法上讲，海因莱因用自然主义的方式演绎幻想，他讲述一个幻想故事，就如一切都正在眼前、在当下发生一样。坎贝尔在论述海因莱因创作的时候，就说他有十分杰出的写作技巧，能充分地展现背景与细节，而不影响故事的进展。当然，在他写作的后期，这种情形有了很大的变化，他开始在小说中越来越多地用思想性的议论取代对读者更有吸引力的叙述。

但这种情形在《斯通太空家族》里并没有出现。

这部太空探险小说写得非常流畅。用一个家庭来组建一个非常规的太空探险队，本身也是一种非常有意思的事情。这部小说的明白晓畅已经达到不需任何指南的程度，它的故事航向可比斯通一家的太空之旅还要清晰明了，但这并不是说，这部小说就注定会成为一部没有回味的作品。

回味伟大发现

重读一些稿件，其实就是重温漫长的枯燥的编辑生涯中一些美妙瞬间的过程。当读到以下两篇稿件时，这美妙的瞬间似乎要更加漫长一些。有一种解释爱因斯坦相对论的通俗说法，便常常以心理时间上的这种延迟性与不肯停顿的客观流逝的时间作为形象的说法。我对这种说法是不是准确没有太大的把握，但我确实感到了过去的时间在快感中延长。

《长生不老的梦想》曾在社会上产生很大影响。当时，这篇文章作为我在《科幻世界》开辟的世纪回眸专栏系列文章中的一篇，刊出之后，在社会上产生了未曾预料也未曾期望过的巨大反响。

原因并不仅仅因为它关涉今天尽人皆知的基因这个本身伟大，经过媒体炒作便是更加伟大、更加无所不能的伟大的题材，还因为1999年的高考作文题与此相关。（现在我还要猜想，那位我未曾谋面的命题者也曾感到人类的生命科学，在基因工程方面将取得重大的突破吗？）据说，在成都的两所重点中学，考完语文出来的高三毕业生，当时就将平时让他们阅读《科幻世界》杂志的老师抬起来抛向了天空。原因很简单，因为半个月前出刊的《科幻世界》的卷首便登载着我这篇文章。这篇文章大致上将高考作文题《假如记忆可以移植》中有关记忆移植的科学内容给予了一个明晰的交代。记忆移植的技术含量一方面与微电脑技术有关，更重要的是，它与正在突飞猛进的基因工程相关。基因工程的每一次重大突破，带给地球生命的福音，带给我们更多的社会与伦理的思考与挑战，各种媒体已经有了连篇累牍的报道，无须我在此赘言，但我还想把我的同事所写的另一篇科学美文《遗传的故事》推荐给大家。

272

因为基因的研究并不是从基因本身开始。基因的研究是以对生命秘密的好奇心开始，从发现细胞开始，从发现遗传与进化的功能开始。当细胞被一层层剥开，生命深处更多的秘密，更美妙的秘密便被揭示出来。就像一部交响乐层层递进，在最隐蔽的灵魂深处迸发出最耀眼的灵光。

我们不是基因工程的直接参与者，作为中国年轻的科幻群体，我们永远是未来的守望者，也永远是科学福音的传递者。当基因工程的重大突破可能给生命带来更大辉煌，当所有人都为了一种伟大的科学发现而激动的时候，我们却体味到一种平静的幸福。幸福的来源就是我们一直都在关注，一直都在幻想，一直都在希望。

而且，在这里，我们必须要说，世界上最伟大的，莫过于我们心中美丽的幻想。所有心怀希望与未来的人们都需要幻想。

回顾了科幻作家与科学家如何想象并逐渐提示人类生命遗传秘密的过程。作为科学知识与科学精神的普及工作者，当一个伟大发现、一个伟大的梦想成为现实的时候，我们却平静地带着幸福的感受回味着这一天到来以前的一些细节，细节连缀成线，便成了一个伟大的故事。正是基于此，我们才有勇气把过去的旧文，推荐给大家。

就像耳边现在重新响起一个科学预言家的一句名言。他说："为了延长我们的生命、改善我们的思维，我们将需要改变我们的躯体与脑子。"

火星，以及科幻的硬与软

——罗宾逊《红火星》读后感及其他

　　没有哪一个星球像火星那样激起人类那么多的遐想。它的吸引力比地心吸引力还大。每有清澈的夜空，人们的眼睛总会望着那闪烁的红色亮光。它在微亮的太空中像一块燃烧的琥珀，散发出能量和希望。它引发了人们对一个正向他走来的世界的想象。它会是什么样子呢（如果它离太阳近一点）？它又会是什么样子呢（如果人类有一天往上面移民）？神秘的火星，诱人的火星，第四颗离太阳最近的行星！它离我们那么远，但在宇宙的尺子上，它离我们又那么近！

——约翰·诺布尔·威尔福德《火星向我们招手》

先谈谈我们自己

每期在增刊上，都来写一篇读某部小说的感想，读者也许会想，这是编辑近水楼台，自己划出一大块篇幅来，赚几个稿酬，好有闲钱上茶楼品点好茶。不独是在《科幻世界》，即便那些在全世界享有盛名的刊物上，做编辑的自己做了撰稿人，有时也难以避免这种嫌疑。比如国外某报的书评版编辑，便担过这种嫌疑。

但在我确乎是有话想说，有话要说。忙过了许多该忙不该忙的事情之后，在推掉了好多约稿之后，来写这种也许很快便会被人忘掉的文章，这么做唯一的理由，就是通过一些世界级的作家作品的介绍，逐渐勾勒出一个较为完整的科幻图景。我们这样做，除了文学本身应该带给我们的阅读享受外，更重要的是，通过对这个图景的扩展性描画，来不断加深我们对于科幻文学的认识。

介绍《按回车键》时，着眼于其在科幻中融入的深刻的社会化内容；介绍《黑暗的左手》，是想让大家知道科幻的题材不只局限于自然科学领域，对于未来社会构成的想象与对另类生命生存状态的想象，也是一个重要的科幻小说题材（我们以图书方式推出的波尔的长篇《吉姆星》也是一部异曲同工的作品）。

在此之前，我们花了更大力气推介的是杰克·威廉森的两部反物质题材的长篇。这一次，以如此篇幅向大家力荐科幻大师金·斯坦利·罗宾逊的巨著"火星三部曲"的第一部《红火星》，其中一个最重要的意图，就是用一种最切近的方式来完善、修正我们关于硬科幻的概念，为所有呼唤着、提倡着、期待着并实践着硬科幻的读者与作者提供一种特征明晰的借鉴。

在中国当一个科幻编辑，时时刻刻都深刻地感受着读者对真正的硬科幻作品深切的企盼，也深切地感受到中国年轻的科幻作家们在这个方向上所付出的巨大努力。必须承认的是，编辑作为读者与作者之间的一个交流媒介，无时无刻不在感受着读者的期待与作者的实绩之间存在着一个较大的落差。而在这么些年的工作中，我们也深切地认识到，处于起飞期的中国科幻，要想在短短的十来年时间里，便欲与已经有漫长的科幻发展史的发达国家的科幻水平比肩而立，还需要一段漫长的时间。好在，科幻这种在现代科技文明背景下产生的新兴的文学样式，因为常常把整个地球人类作为一种整体，并以此作为一个眺望未来的共同视点，所以，相对于别的文学样式来，更多强调普遍性而不太重视作为民族区别表征的文化特点。同时，在信息社会中，知识的普遍与共享意义越来越重要，所以，我们并不一定要等到中国作家写出了真正意义上的硬科幻作品，才开始我们的中文科幻阅读。

　　我们确实在企盼，但我们确实不必死死地等

待。因为死死地等待，通常具有单向性所带来的危险。中国传说中便有一个在桥下等待约会，并因对方爽约而自己坚持守信淹死在桥下的故事。我们要是把读者当成那个悲壮的守约者，那就是我们的失职了。所以，我们开始用增刊的方式大量引进国外的成功作品，把一些最具经典意义，并对中国科幻小说的创作有着示范意义的作品介绍给大家。

在我们这种文明当中，做任何事情都需要一个理由。所以，看一个想法是否成熟，就是看你是否能提供出来对大家更有说服力的理由。以上，是我来写这些读后感的理由，也是我们用增刊的方式连续推介国外科幻长篇精品的理由，也是这一次要用整本杂志的篇幅把《红火星》介绍给大家的理由。

然后登上火星

关于硬科幻，我们听见人们说过多种多样复杂的定义。对于科幻作家来说，总是会有一种把自己的创作定为某种规范与标准的欲望。可是，如果我们真的按这种标准执行下去，后来者都按前人提供的模本进行标准化写作，那么，科幻这种文体早也就在未传入中国之前便寿终正寝了。道理其实再简单不过了，因为读者的期待总是复杂而多变，因为每一个作家、每一代作家的创作也是复杂而多变的。

但无论如何，我想都不会有人否认《红火星》算是一种标准的硬科幻文本。如果就此问题展开讨论，却又可能陷入从一种定义到另一种定义的那种无意义的烦琐套路中。不如来看人类发现火星，并且一步步逼近火星的历史，然后，再来看《红火星》中那些关于火星开发的富于真实历史感的宏伟篇章。

人类之所以如此关心火星，是在很长的一段时间里，都相信火星上可能存在生命，至少是曾经存在过生命。阿西莫夫追索过人们所以如此的原因。他写道："火星与太阳的距离是地球与太阳距离的0.5倍。因此人们认为火星上的温度有可能比地球要低，但仍是可以维持生命存在的。火星也是被大气层笼罩着的，但那里没有像金星上空那么多经久不散的云团——甚至也没有地球上的云层那么厚。这样，我们就能比较方便地观察并描绘出火星表面的形态了。"

1659年，海更斯对这些资料进行研究，计算出了火星的自转周期为24.5小时，这一数字与地球的自转周期极其接近；火星直径6790千米，是地球直径的一半略多一点，也就是说，它的体积明显小于地球。

1784年，赫歇尔发现火星的自转倾角与地球十分相近，因此他认为火星上的四季也与地球相似。当然，在火星上，各个季节的温度要低于地球的温度。火星公转周期也比地球要长，具体时间为687天，因此，火星上每个季节的时间约为地球上同一季节的两倍。赫歇尔还发现，在火星的两极覆盖着冰帽，这似乎预示着火星上有水的存在。

火星是太阳系中离地球最近的行星之一，每三年左右就会运行到距地球最近的地方，此时，太阳系这两大行星间的距离仅为5600万千米；除此之外，只有金星在某一时刻距地球更近一些，距离大约为4200万千米。于是，地球上那些对天空有着强烈兴趣的人们，便可以借此良机利用各种仪器对火星进行观察。

1877年，火星再次运行到地球最近点，意大利天文学家戈瓦尼·沃詹尼奥·斯盖帕里抓住这一时机把天文望远镜对准火星，绘制出全世界第一幅火星形态图。他注意到火星上有很多细长的"窄条"，这些"窄条"就像河流一样，斯盖帕里将它们称为"海峡"。他当时使用的是一个意大利词语"canali"，而英美天文学家则将其译为英语"canals"。这里就出现了一个严重的错译，"canals"和"channels"二者之间的重要区别在于："channels"是自然河流，而"canals"的意思是人工的"运河"。因此，每当天文学家们谈论到火星人的"运河"时，人们就开始充分发挥自己的想象，认为是火星人开凿了这些"运河"。

根据这一幅有运河的火星图，人们大胆推论：由于火星引力非常小（仅为地心引力的五分之二），无法束缚火星大气中的水蒸气，从而使其飘散于空气中，使火星表面变成一片沙漠。而火星人为了正常生活和发展农业，只能开凿"运河"将水从两极的冰帽下引入赤道地区。这一理论曾拥有广泛的支持者，他们中既有大多数群众，也包括为数不少的天文学家。

在所有支持"火星人的运河"这一观点的人中，最有影响力的支持者是美国天文学家波塞沃·罗厄尔。这位当时可以上《福布斯》杂志的富豪自费在亚利桑那州远离城市灯火的干旱沙漠中建立一座私人天文台，拍摄了数千张火星的照片。以此为据，绘制了包括500条"运河"的大量火星形态图。1894年，他出版了一部有关火星的专著，进一步强化了火星上存在生命的这一在当时比较普遍的看法。

威尔斯正是从罗厄尔的著作中得到创作灵感，于1898年推出了《地球反击战》，讲述一支火星侵略军为了争夺地球上丰富的水资源，并将地球作为殖民地而发动星际战争的故事。威尔斯笔下的火星人掌握了极为先进的科学技术，地球人本没有希望取得胜利，幸运的是，火星人的身体无法抵御地球上大量细菌的侵扰，最终未能得逞。这部小说是有关星际战争题材作品中最重要的一部著作。正是由于作者奇妙的构思和逼真的战争描写，从而产生了比罗厄尔从科技角度出发推出的著作更强烈的作用，使更多的人开始相信火星人的存在。

不过，这并不意味着所有人都接受了上述的论点。美国科学家爱德华·艾莫森·巴纳德经过长期观测，便认为所谓"运河"不过是视觉上的错觉。这一观点是有科学根据的，有时我们的双眼在观察微小的、不规则的斑点时，会将其误认为细长的"窄条"。

英国天文学家爱德华·沃特·芒德验证了这一理论，他曾在一个圆盘上绘制了许多不规则的"斑点"。然后，他让几个孩子站在仅能模糊地看到这些"斑点"的地方，并让他们画出自己所看到的图形。孩子们所画出的正是像斯盖帕里和罗厄尔在其火星表面形态图上所画的一样的细线。

还有其他一些天文学家也赞成芒德等人的观点，但罗厄尔依然坚持他的观点。更为重要的是，在当时罗厄尔的观点更符合公众的心理。威尔斯的火星小说发表后的五十年里，大多数科幻小说家们也对有关火星人的素材抱有浓厚的兴趣。

随着人类对宇宙认识的逐步加深，火星上存在生命的观点，在越来越多的科学发现的冲击下，已渐渐败下阵来。1926年，美国天文学家威廉姆·韦博·科布兰奇和卡尔·奥托·拉姆普兰德接收到了反射自火星的极少量的太阳光，并进而发现即使在火星的赤道地域，其温度也不是很高。既然如此，那么火星上的夜晚将会和南极洲一样冷。他们还根据火星上极大的昼夜温差，判断出火星的大气层应是极其稀薄的。

1947年，荷兰裔美国天文学家哥瑞德·皮特·奎波在火星的大气中发现了二氧化碳，但他却未发现支持生命呼吸的条件。至此，人们有关火星上存在生命的幻想彻底破灭了。

当然，这一切新的发现需要通过对火星更近的观察才能验证，而人造卫星的发明使这一切成为可能。1965年，水手4号在飞越距火星表面1万千米的高空时拍下了20幅照片，并将其传送回地球。从照片上可以看出，火星表面根本不存在"运河"，而只有像月球上那样的火山口。进而，水手4号还向火星发送了无线电波，由于火星大气中二氧化碳的吸收，反射回来的电波只有地球的2%左右。

随着更多的空间探测器对其进行探测，并拍下越来越细致的照片，火星上存在高智能生命的可能性变得越来越小。1971年，水手9号在沿火星同步轨道飞行时，拍下了完整的火星表面形态图，上面布满了巨大的火山口和像河床一样的峡谷，而那些冰帽可能是二氧化碳固化的产物。火星上所有地区的温度都远远低于冰点，而且也根本不存在什么"运河"。原来人们看到的一切正如巴纳德和芒德所说，只是视觉上的错觉。看来，罗厄尔是完全错了。

20世纪70年代，当时苏美两国的太空竞争从月球转向了火星，相继向这颗引起人类最多遐想的红色星球发射了许多探测器，这其中有成功也有失败。这些探测器发回的大量照片与数据，至少使我们有了一部粗线条的火星地理学。让我们知道了这个星球表面的大致面貌。我们介绍的这部《红火星》也大量地运用了在此过程中获得的地理知识。在此基础上，宇航界也开始认真考虑人类登陆火星的事情了。科幻界当然也对此做出了回应。波尔的《人变火星人》提供了一种思路，即把最初登陆火星的地球人的一半变成机器人，使之最大限度适应火星的环境，并建造出最早的适于人居的基地后，再开始改造火星，使其大气与气候条件向着适于人类居住的地球模式转化。

到今天为止，已经没有人认为到火星探险和移民仅仅是一个梦幻中的主意。阿西莫夫认为，当地球上发生某种事故时，火星能够最终提供给人类另外的家园。

苏联解体后，美国航空航天部门好像因为竞争对手的消失而失去了动力，有关火星的项目在20世纪的最后十年里差不多完全停顿下来。直到前两年，漫游者火星探测车成功登陆，并在那颗陌生的红色星球表面缓缓行走，发回大量的勘探资料，我们才又开始抬头观望那颗暗红色的星球。然后，随着新世纪的到来，人们已经为我们开列出一张人类登陆火星的详细的时间表。

而且人们对登陆火星的目的进行了深刻的检讨。有科学家说："走了7000万千米到火星，仅是为了在上面插一面旗，煞有介事地走一下，捡几堆石头回来，这是荒唐的。"这其实已经包含了一个问题，我们是否有必要真要登陆火星，并对其进行地球化改造。答案在大多数人那里，当然是肯定的，因为在可以预见的未来，人类生存需要新的资源与新的边疆。而且，科学家们开始详细地讨论如何实现这项伟大的计划。而在此前很久，科幻作家们已经开始了大胆而又合乎理性的想象。比如早在1952年，阿西莫夫便写过一篇小说《火星之路》，并在其中指出，土星有一颗卫星几乎全部由水构成。小说主人公把这个体积达1.4亿立方千米大的雪块运到火星上，用它灌溉火星和改造火星大气层。阿西莫夫具体的想法，是为这个巨大的冰雪球装上一枚推力巨大的火箭。当然很多科学家会提出很多技术性的细节来对这种想法进行诘难，但一个周全的方案或许就在这个过程当中便产生出来了。这其中自然有很多科学家会被触动灵感。好了，该回到那张时间表上来了。

有一些科学家设想了一个分5个步骤使火星变得温暖，并将其大气层中的二氧化碳变成氧和氮的计划。具体如下：

第一阶段（2015—2030）：第一支远征队到达火星。他们必须在火星上停留一年才能返回地球，并在此期间，在人造基地里从事初步的实验性农业生产。

第二阶段（2031—2080）：改造工程正式启动。绕太阳轨道行动并用某种薄膜造的大面积反射镜向两极反射太阳光加温，并用氟利昂这种使地球产生温室效应的有害物质，在火星上制造出温室效应。大部分人都认为，当火星温度提升到-40℃时，就将对火星环境产生巨大的影响。科幻作家珂瑟·克拉克说："如果我们能把所有冻结成冰的水和二氧化碳都融化掉，那么将会发生几件事情：大气的密度将增加到人可以在户外行走而不必穿宇宙服的程度。将会有水，小海洋和植物。火星将成为一个伊甸园。它是太阳系里唯一的一个我们能用已知技术进行改造的行星。"

第三阶段（2081—2115）：引入经遗传工程技术全面改造的强健植物，把二氧化碳分解成碳和氧。这时，火星上空将出现云彩，天空将由粉红色渐渐变蓝。温度提高到-15℃。

第四阶段（2116—2130）：两极地区融化的冰水汇成河流与湖泊，海洋也开始形成，海洋里的浮游生物吸收更多的二氧化碳。出现常绿的树林。气温上升到0℃。

第五阶段（2131—2170）：具有农业和高技术工业的城镇数目迅速增加。气温继续升高到10℃。大气已经完全可以供人自由呼吸。因为离太阳较远，新的火星世界仍会比地球冷一些。

这样，另外一个地球，或者说又一颗生命星球便缔造成功了。红色火星也因此变成了宝石般的蓝色星球。斯坦利·罗宾逊正是用这种变化的颜色，命名了他新创作的火星三部曲，用颜色的变化来喻示火星改造工程的成功。认真阅读这部作品的读者会看到，科幻作家的创作与大部分科学家们的设想已经没有太大的区别。只不过，在科幻作家罗宾逊笔下，这部未来的历史，以非常感性的方式，以细节丰沛的方式在我们的想象中得以提前上演。

再说科幻的软与硬

而我们在此花费如此的篇幅来回溯发现火星的历史与人类关于改造火星的想象，实际上是说，我们已经很难把科学家的成功与科幻作家的虚构很明晰地区分开来了。《红火星》这样的科幻文本，在我们眼中，已经有了非常强的现实感。它已经成了一部翔实可信的火星开发的编年史。此前，布雷德伯里曾把自己的火星小说命名为《火星编年史》，但是，我们却不能从中看到一点建构历史的努力。让人激动的是美丽的幻想与酣畅的诗意，那是一种软软的、弹性十足的、感性丰富的文本。而《红火星》是像火星上的岩石与冰块，火星上的寒冷气候一样的坚硬存在。在中国科幻创作短促的历史中，硬科幻与软科幻竟然成了一种不同路数创作尝试中纠缠不清的话题，且有一种要以软硬来分出正统与非正统的意味，而现在把这一软一硬的两种有关火星的文本加以对照，你可能会对某一部作品有所偏好，同时也会发觉，不以作品本身，而是以作品的硬度来确定质量高下，或者正统地位，是一种幼稚的想法。

在此，我们必须强调的是，《红火星》不是因为仅仅属于硬科幻就取得了成功，而是同时用大量具有坚实质地的与充满具体技术的细节，因而看起来具有相当科学性的描绘，建立起了第一部完整的火星开发史。21世纪，人类登陆火星，开发火星历史将要展开，那么，当真正的历史展开时，真会是这个样子的吗？我想，没有一个人会认为火星开发会以这部小说作为蓝本来进行。如果真是那样的话，火星开发，就不是人类迈出地球的集体的巨大努力，而是一部即时上演的、恢宏无比的情景剧了。自然，罗宾逊便成了一个出色的编剧。

但是，如果这部小说仅仅只是很硬地提供出大量的火星建设方案：如何大面积传播生命，如何开掘火星上的水资源，如何建造最初的生活基地，如何交通，如何建造不同风格的城市，那也会使这部作品阅读起来比多少有些乏味的小说更加枯燥。而使作品显得更加真实可信的，还是一些比较软的因素：最早那100个人组成的特殊社会里的独特气氛，他们之间的相互关系与情感状态，从太空飞行开始后，面对全新环境的刺激与挑战有不同的反应与应对方式，他们对一个新社会的不同理想，以及后来的移民社区那些带着鲜明地球文化特性的存在方式，等等，等等，而这些软性的非科学部分，恰恰拥有作家本身来自于当下社会生活的真切的体验。说到底，文学的诉求终归是要靠情感来增加力度的，而这种情感体验的真伪，也在相当的程度上制约着一篇作品的成功度。也正因为此，我们可以说，科幻小说的硬与软也绝非是处于一种互不包容的状态。

话说到这里，虽然还没有给出结论，但是到该打住的时候了。一是因为篇幅，二是因为但凡文学上的一些基本命题，从古代一直争论到今天，好作品层出不穷，但争论却永远没有得出一个明确的结果来。而且，好作品之所以层出不穷，也是因为作家对一些基本观念的不同理解，呕心沥血，妙笔生花，才最终成就了文学原野上的蔚然大观。那么，无论对世界还是对中国而言，都还非常年轻的科幻文学，对于软与硬的不同理解，甚至偏爱，都将会继续下去，甚至会与整个科幻文学的发展相始终。所以，正确的方式是，我们期待好的科幻作品，而不是某种类型的科幻作品。

基因时代

——一个半世纪的人类认识基因的历史

中欧有个叫孟德尔的修道院院长，在宗教修习之外，还特别地勤于农事，并且进行了许多异想天开甚至是与其信奉的教义相悖的试验。就在这个修道院的菜园子里，有种植物因此获得了特别的名声，这种植物便是十分寻常的豌豆。也许是豌豆这种寻常植株的花朵特别的美丽吧，孟德尔在修道院寂静的园子里竟然栽种了几十种豌豆，把那个园子变成了一个豌豆花园。然后，孟德尔又把红色花的豌豆与白色花的豌豆进行杂交，他要看看这样做会开出些什么样的花朵。结果，他发现了一些有趣难解的现象，而且这些现象是有规律的。他把深藏在其中的造成这种规律现象的因素命名为"基因"。就是这样，探索生命遗传秘密的科学就从孟德尔的修道院里发源了——时间是1866年。

现在，一百多年过去了。生命内部所隐藏的遗传秘密已经被科学家一一解读。人类一步步前进，在倍数越来越高的显微镜下，生命内部的秘密被更多地发现。21世纪刚刚开始的时候，人类基因组图谱在多国科学家的合作努力下，被全面破译。从纯技术的观点出发，这种进步，无疑是具有革命性意义的。我们从科学界，从媒体上听到一片欢呼之声。

这个前景就是在未来的几十年中，我们的生活方式将发生比过去上千年还要深刻的变化：我们的温饱将不再依赖于农民与土地，食品与衣物将由基因工厂来提供；基因复制可以取代传统的生殖，一个缓慢老去的人将看到一个自己的复本健康成长；人在胚胎期时，很多基因缺陷将得到修复，以避免许多遗传性疾病，甚至通过这个修复，提高其智力、体格与性格方面的素质。一个人捧读自己的遗传密码就像是看一本菜谱。

有一位科学家对基因时代的特征概括得十分精到。他说："过去我们认为自己的命运存在于自己的星座中。现在我们知道，在很大程度上，我们的命运存在于我们的基因中。"是的，纯粹从生命科学的角度看，一个人的面貌、健康、性格、智慧直至寿命的秘密都全部藏匿在基因那神秘的一组组密码中间。

但是，也有人会在一片欢呼中显得有些忧心忡忡，并发出一些冷静的声音。其中有个叫杰里米·里夫金的。他说："生物技术世纪很像是浮士德与魔鬼签订的协议。它向我们展示了一个光明的、充满希望的、日新月异的未来。但是，每当我们向这个勇敢的新世界迈进一步，我们会为此付出什么代价，这个恼人的问题就会警告我们一次。"

有必要提醒读者不要误会，杰里米·里夫金并不是一个技术保守主义者。他在二十多年前便与人合著《谁应扮演上帝？》一书。那时，生物工程还是一门新兴的技术，他便在那本书里展望了生物工程技术可能给人类带来的福音。他与合作者霍华德甚至准确地预言，许多遗传技术将在21世纪到来前试验成功。这其中包括了基因物种、试管婴儿、租用子宫代孕、人体器官制作与人体基因手术等。我们不能不说，这种展望是科学而乐观的。但是，作者又进一步指出，这种上帝似的创造也潜伏着一些风险，特别是道德上的风险：比如在身体检查中将增加对遗传病的检测，由此会导致遗传歧视；药品、化学和生物技术公司对地球基因库的开发，而我们却无法预测这些遗传工程改造过的生物体是否会给我们带来长远的毁灭性威胁。

在今天，生物技术上的任何一点进步，总会在媒体上激起一片欢呼之声。一些看起来有些悲观的声音，却容易被深深地掩藏起来。

比如在原子能的开发上，很多早期的积极倡导者，都成了和平主义者。费米和西拉德，在爱因斯坦的促成和帮助下，得到美国政府支持，制造出了第一颗原子弹，但他们后来都成了破坏力更大的氢弹实验的反对者。费米就曾经满怀忧虑地说，氢弹"就其实际效果而言，几乎是一种种族灭绝的武器"。同样，苏联的氢弹之父萨哈罗夫，最后也成了一个和平主义者。他们觉悟了，都成了原子能和平利用的积极倡导者，但是，我们假设，这些科学天才，他们的觉悟如果更早一些又是一个什么样的结果呢？从历史的经验看，当任何一种新技术的出现带来生产方式的进步时，我们总是以乐观的情怀大声欢呼的。虽然，之前也有人提醒我们，任何一种技术都是一柄双刃剑，但真正的觉悟总是要在产生了恶果之后。石油在风驰电掣的汽车发动机中燃烧，引擎在歌唱，但空气被污染；空调使人们永远享受适宜的温度，冰箱使容易腐败的食物保鲜，但那一点点冷却剂却使臭氧层——防止我们受到宇宙射线伤害的保护罩受到严重的破坏。现在，生物技术更是与人类的生活密切相关。面积有限的地球上，人越来越多，种植食物的土地越来越少。所以，我们是需要不用土地就能生产食品的基因工程的。人类许多尚未克服的疾病，到了基因的秘密真正揭开的那一天，就可以克服。这对于渴望长寿并摆脱疾病痛苦的人来说，更是一种特别的诱惑。更重要的是，这个社会有绝大多数人对于科学技术的进步总是抱着欢迎态度的。更重要的是，人类在过去的历史经验中，特别是20世纪这个科学大跃进的进程中，在充分享受社会的繁荣进步外，也产生了相当的负面的作用。所以，今天，当科学的地平线上出现新的可能时，人们在评估其正面意义的同时，总会有人对其可能带来的负面效应进行深入的思考，为其可能带来的技术风险、伦理风险感到忧虑。

因为，当一种新技术面世时，技术乐观主义者们的思想角度总是纯技术意义或者是纯经济意义的。而真正的全面考虑，应该是以人类历史为坐标点，进一步做出社会结构的、道德伦理的评判。一位生物技术的研究者就曾经说过，在生物技术这一学科正预示着众多可能性的，并进入实施阶段的时候，"我就希望我们能从物理学和化学在19至20世纪的两次科学革命中吸取教训。那两次科学革命给人类带来了巨大的福利，也带来了同样严重的问题。假设在正式启动那两次科学革命之前，当时的人们能够对它们的潜在利害进行一场周详的面对公众的辩论的话，那么我们今天，更重要的是我们子孙后代，就不至于陷入那两场科学革命所引发的日益严重的环境、社会和经济困境之中了"。

而在今天，我们所面临的遗传学所引发的生物科学革命，远远超过人类历史上任何技术革命给人们带来的困惑。当基因图谱完全破译，人类可以自由地重新编制生命遗传密码时，是否就终止了生命历经几十亿年的进化过程？就像我们并不十分清楚几十亿年生命进化史上的众多细节与一些关键环节，我们更不清楚这样做最终会在整个生物界产生怎样的后果。因为这个世界上的任何存在都是互相依存、互为因果的。换句话说，在卡尔·萨根所称的宇宙间这个叫作地球的"暗淡蓝点"上，生物链上某一个环节的超常膨胀，会在多大程度上影响到别的生命的前途。

第二个忧虑是，如果这个世界上全是经过克隆、基因修改、转基因而制造的生物，人类最后会长成什么样子。

如果需要，我们可以拉出一个长长的单子来。

但我相信，　个问题会从所有那些问题中突显出来。即使不用着重号，不放大字体，这个问题还是会突显出来。那就是，在基因革命以前，生命的形成是美丽的、奥妙无穷，而且具有深厚的感情色彩，甚至给人带来巨大的生理快感与痛苦。这个人类最伟大的体验，是人类情感形态的一个坚固基石，每一次生命的诞生都像一次惊喜交加的丛林探险、一次极限挑战。但是，当可以用工业化的方式，按照完全可以预计的方式制造生命的时候，人类的情感会发生什么样的变化？

科学家们用我们能够理解的欣喜心情与方式，向我们描绘着这一切所带来的美妙前景，但有一些问题却在有意无意间被隐藏下来，看起来这好像是科学界、政府部门、跨国公司、媒体甚至公众之间的一个合谋，一种默契。因为任何一个新技术的全面运作，都会在这个世界的经济运行图上，拉出一根长长的红线。向上，向上，一根红线飞速向上，差不多就是这个世界唯一的目标了。红线下跌一点，全世界都伤风了；再下跌一点，全世界的感冒加重，全体人类站在摩天大楼上迎风流泪。但是，红线又蛇一样昂起了它的头，全世界人民的心里都像一瓶被振荡的可口可乐从里向外冒着欢乐的泡泡了。

但是，无论如何，我们正在向基因时代走去，从孟德尔用开红花与白花的豌豆做杂交实验开始，到今天描画出人类基因图谱，已经过去差不多整整一个半世纪了。每隔一段时间，我们都听到为了技术进步与突破而鼓舞欢呼的声音。但对未来的技术风险，表示忧虑的声音太过弱小了。

科幻小说该干什么？

曾经，我们的科幻小说是多么乐观浪漫呀！

如若不信，就想想凡尔纳，想想威尔斯吧。科学最终将是无所不能的。而科幻已经先于科学到达那些假设已经存在的站点，一个个外星、一种种新科技状态下的生活形态。那个时候，即便是在地球上，人类也还在忙于发现新的陆地，奔赴新的边疆。每一次新发现的消息传开，都意味着更多人满怀希望的冒险与奔赴。奔赴截然不同的新生活，奔赴新的宝藏。

如果说那时的科幻小说中有着恐惧，那也是对外星人的恐惧，想想，我们在科幻小说与电影中已经遭逢了多少奇奇怪怪的外星生物啊！而我们唯一的取胜法则，就是拿起日新月异的科学的利器，进攻，进攻，进攻！无往不胜地进攻！于是，对于科学本身，对于人性本身的忧虑便被淡忘了。而从文学产生至今，《浮士德》《红楼梦》及一般人目为志怪的《聊斋志异》，都饱含这种对于人性的忧虑。但科幻小说在很长一段时间里，跟着科学发出欢呼，淡忘了这种忧虑。但是，慢慢地这种对于人类前途，对于技术负面影响，对于人性本身的忧虑也就在科幻小说中开始呈现了。

至少在基因题材中，我们就充分地看到了这种忧虑清晰地浮现。现在传媒控制下的社会，非常容易简单地表达。比如，这些在科幻小说中表达忧虑的人，就容易被看成是科学进步的反对者。其实不然，如果他们一贯地对科学深抱着一种敌视的态度，又怎能如此关注、如此深入对于大众来讲还相当陌生的科学领域呢？正确的结论是，这些表达这种忧虑的人对于科学进步其实是赞成的，只不过这种赞成、这种支持都有一个前提。在一个成熟的社会里，我们拥护什么东西都应该有一个前置条件。不然的话，人民这个词义所指称的人群就会像牛羊一样被放牧在某些集团利益的草坡上。

于是，在基因题材的科幻小说里，我们看到了崇高的科学英雄主义、乐观的科学浪漫主义之外更多的东西。比如，在《科幻世界》过去刊登的小说中，《查莉的心愿》写一个心脏有病的小女孩查莉，每天由父亲带着去看一头可爱的小猪，等待这头小猪长大。因为，这头小猪身上因使用基因技术而长着一颗人的心脏，与其说查莉是在等小猪长大，不如说是在等待猪身上的人类基因心脏长大，因为她那颗有毛病的心脏正等待替换。后来，小查莉的身体康复了。然后，同样作为一个地球生命的猪，却永远从这个地球上消失了。这篇小说写得很优美，惆怅的优美，这种惆怅是为了生命的惆怅。如果仅仅从人的观念出发，我们应该感到欣喜，为了一个人的生命得到技术的拯救。但一个伦理问题随之产生，猪不也是一条生命吗？人与之相比，除了智慧之外，还有什么特别的不同之处？科学的达尔文主义发展到社会达尔文主义时，便会潜伏人性的巨大危险。

为了这种危险而流露出一丝惆怅有什么不可以呢？

而到了贝尔的小说《血里的音乐》中，人类终于制造出了一种自己对其特性一无所知的基因，接着便失去了对自己制造的基因的控制。基因迅速膨胀、蔓延，四处黏糊糊地流淌着，裹挟一切，比我们经验中所有曾经流淌的、具有强大摧毁力的洪水、泥石流、火山岩浆更加可怕。因为它通过不断生长为自己提供源源不绝的动能，所以才真正能够席卷一切。那是一场四处蔓延而无法控制的可怕的梦魇，属于真正的恐怖。这种恐怖是一种正面的警告，人类开发的技术中，可能包含着我们没有完全认识的，或者干脆就可能是一无所知的不确定性。这种不确定性一旦恶性爆发，便完全可能使人类自毁于自己的技术之手。

今天，我们又推出美国新锐科幻作家南茜·克雷丝的小说专辑。我想在这里谈谈其中一篇《西班牙乞丐》。

《西班牙乞丐》是一个未来场景中的生活故

事。这个故事的主题就叫作基因歧视或者基因仇恨。

基因歧视在现今世界，已经是经常出现的一个词。至少在很多社会学家与负责任的科学家那里，这已经是一个经常出现的词了、一种深深的忧虑了。按照人类保护弱势群体的法理原则，人们害怕有基因缺陷的少数人受到健康的多数派的歧视。但在这个故事中，被歧视的原因不是因为基因缺陷，故事中少数人被多数人歧视，是因为少数人通过生物工程技术而更加优秀。

这个故事出奇之处，是处于强势的、经过优选的一个少数群体被占有绝对多数的在生理与智力上处于劣势的群体所歧视。这些人的优秀是人工制造出来的，是生物工程的一项对于人的有限生命来说，几乎挖掘出了全部时间潜力的一项创举，使少数被精选的人有两个大脑可供支配，所以无须睡眠。这群无须睡眠的成长期中的少年人，因为其超常的精力，以及用这种精力获得的更多知识而使整个社会感到了一种带着嫉妒色彩的惶恐，并激起了公众对他们的仇恨。这种以数量取胜的群体战胜以思想取胜的少数人的例子，在人类历史中，作为惨痛的人性弱点与制度缺陷的例子，简直不胜枚举。所以，一个科幻故事，便有了当代世界文学主流中所普遍具有的那种寓言特性。而当一些不成熟的作家来写这个题材，可能用极煽情的方法，写一个有基因缺陷的人受到基因健全者的歧视，就像今天很多写对于残疾人滥施同情的三流作品一样。

所以，这种警醒的声音便显得特别引人注目。

这些科幻小说创新的变化、题材的发展、眼光的独特，都应该引起我们足够的敏感。但是，很遗憾，大多数从事科幻文学创作的人并没有这种敏感。甚而至于，正像我们一些敏锐的读者所指出的那样，一些作者还在从日本那种文化品位极低叫作卡通的纸上肥皂剧情中寻找灵感。有天早晨，我来到办公室，做我每天的功课，拆阅读者的来信，其中有一位叫张赢的读者写来的一封信。他先抄了某篇科幻小说里的一段话："花开花落，再灿烂的星光也会消失。这个地球、太阳和银河系，就连这个宇宙也有消失的时候。人的一生与这些相比，简直是刹那的事。喜欢与悲伤，爱谁与恨谁，笑与眼泪，战斗和受伤，而最后都要归入死的长眠。"然后，他指出，这段话一字不改的出自车田正美的《圣斗士星矢》。而且，这位叫张赢的读者朋友进一步指出："而在同一篇文章中对于颠茄的描述又和斋藤千穗的《十三月的颠茄》是何等相像呀！"我相信，在我们的科幻创作中，这是极个别的现象。但我们作品思想的苍白，以及对于新科技提供的题材中潜伏无数可能性的探索能力的贫弱却是制约中国科幻发展的根本原因。

谈到这里，关于专辑中发表的《轻舞飞扬》与《进化》我觉得已经没有太多话要说了。根本原因是，基因技术与生物工程进展到今天，已经开始与我们每个人发生深浅不同的关系。而且，会比今天的信息技术在更大程度上改变我们的生活。这是政治家、伦理学家甚至法学界都在深刻关注的问题，而中国科幻作家还将其视为一个浅表性的言情空间——和当下网络题材一样——最多加上一点点异化感，这至少是一种不正常的状态。

我曾经说过，我不害怕大家缺少小说技巧，而是害怕我们没有思想与敏感。

一天上午，我从北京飞回成都，在机场书店买了两本书。一本是汤因比的《历史研究》，一本是《剑桥插图考古史》。两本书都很沉重，于是又买了一本财经类杂志。封面文章《新新经济》，就已经把基因工程带来的变化当成一种现实问题进入深入讨论了。但在中国的科幻小说里，却没有人来思考这些问题。所以，我合上这本杂志，望着机翼下的茫茫云海，突然为我们的想象能力与思想能力感到担惊受怕。在这里，我要对这本财经杂志说声对不起，在封面文章中，他们援引了一位名叫奥利佛的作者开出的一份清单。这份清单告诉我们，基因工程现在准备做些什么和将来能做什么。他们开出这份清单，是指出新的经济形态将会怎样出现，我再次转抄这份清单，是为了让我们的科幻作者与读者知道，基因题材还有多少种可能性。如果说，基因图被描述出来以后，基因的数量远远低于了人类的估计，但是，我相信，基因题材的小说相比而言，却会有更多的可能性。

下面，就像完成一部电影的长长的字幕一样，让我们看看这些题材库目录：

在实验室里创造生命

改变新生儿基因的性质

医药基因工程——根据每个人的基因性质"对症制药"

把抵御特定疾病的基因编码到遗传基因里

制订对抗癌症、心脏病、艾滋病，以及流行病等病症的基因疗法

修复脑细胞（例如由老年痴呆症造成的脑神经死亡）与中枢神经

制造能抵抗感染或发育缺陷的蛋白质

大规模生产各种抗体用来对付癌症

发展能复制哺乳类动物包括人类在内的技术

抗老化和控制肥胖

培育能够移植于人类身体内的动物器官

培植廉价的用于免疫的基因转置蔬菜

帮助贫困人口改善健康状况

培植能在几年内而不是几十年内长成的树木，满足木材需求

建造用于生产工业塑料的生态工厂取代整个石油化工产业

以昆虫类和动物活动来生产最结实的纤维和最坚硬的合成器

制造比当今最快的速度快几千倍的生物蛋白质计算机

用于医疗监护系统的生物电子鼻、舌、耳、手的制造

生物合成皮肤、血液、骨骼，以及人类主要细胞的合成

在受到损坏时有自修复能力的新型包装及造型材料

具有人类肌肉的伸缩功能的生物合成材料，用来取代体力劳动

自动吸收和清洁污迹的材料

可以根据环境自动变形的合成材料，广泛用于工业、消费、医疗保健

无污染和几乎免费的生物能源的使用

用来获取和保存太阳能的生物涂料

在人体内巡回视察寻找并纠正老化细胞的"智能鼠"

好小说与好看的小说

——《月亮孩子》以及三个关于

关于题目

先来解释一下这个题目，意思就像一句绕口令一样，好小说不一定是好看的小说，好看的小说不一定是好小说，但有时候，好看的小说就是好小说。够夹缠不清的吧。

之所以造成这种夹缠不清的感觉，是因为我们说到小说的时候，是有两个标准在的。

一个标准是专家的或者说是业内的标准，依照这个标准评定出来的小说，有经典或准经典的意义。

另一个标准是读者的，没有标准，或者说有标准的话也是两个字：好看。

有的情况下，专业与读者、业内与业外的标准是能取得一致的，但在更多的时候，这种标准无法重合到一起，所以有了我这个标题。所以，是先有了这样一种现象，而后才有了这个标准。那天，在欢迎我们的洋外援斯科特先生的座谈会上，他谈到了一个观点，科幻小说也是小说，那么科幻小说也有好的和好看的分别，也有批评家喜欢而读者读了头大的作品在，也有读者竞相传阅而批评家颇为不屑的作品在。而编辑很多时候，就在专家与读者的立场之间左右摇摆。

关于阅读

先说好但未必好看的小说。

比如《沙丘》；比如阿西莫夫规模庞大并具有

建立一个虚拟帝国秩序的巨大野心的《基地》；甚至一些篇幅不太浩繁的作品，比如勒吉恩的《黑暗的左手》。有时候，之所以没有放下书本终止阅读，其实是怕对不起作者在其中所付出的巨大劳动。

这种在阅读中勉为其难的情形并不独在科幻小说中才存在。在别的小说领域的阅读中，以及小说领域之外的阅读中，这种情形都常常发生。很多时候，关于一个作家、一篇作品、一些更难读的文章中所评定出的那种经典地位成为一种强制的驱动力，使我们在这些枯燥而庞大的文字方阵中左冲右突，疲惫不堪。因为我们被具有权威的人，用不容置疑的口吻反复告知，如果你是某一方面的爱好者，有些东西就是你必备的知识，有些书你必须阅读，喜欢要读，不喜欢也要读。不然的话，你就不是够级别的发烧友，不是有专业水准的爱好者，而是偶然闯入禁地的门外汉了。偶然闯进陌生地界的门外汉，是不容易受到友好欢迎的。

读书，有时就是一种权威的强制。总会有人告诉你可以这样，不能这样，只能那样；应该如此这般，而不可以如此那般。

本来，这种情况总是出现在一些传统悠久的学科门类之中，如果是文学阅读，也是在一些传统的领域。

而科幻在中国是一个完全舶来的概念，整个中国，不论是作者、编者还是读者，都还处在一个扩展自己视界，对一个抽象概念建立切身感受的阶段。即便如此，也有人开始以正宗与正统自居，挥舞着语言的利器，假想了一块自己领导的牧地，在那里做着谁能进入，谁不能进入的工作了。

就好像路边出现了一间房子，一个人为了避雨，先行几步进入，这个并不握有房产证的人，莫名其妙就以为自己就此掌握了对后来者的甄别权。

偶尔上网看看，会看到讨论区里很有这样的疾言厉色者，正口发狂言，辛苦而严肃地做着这种甄别工作。看到这种情形，我的心里便有些怜悯，有些悲哀。搜肠索肚，想不出之所以如此这般的原因，做善意一些的揣度，想必跟以上说到的阅读的习性有些同源。

而这种阅读习惯，又不只存在于科幻阅读中间，这才吐了口长气，觉得心中有些释然。只是可惜，那些喧喧嚷嚷而自己也不太知其所以然的爱好者，竟如此轻易地浪费了去了就不再来的激情与时间。

　　不知从什么时候，阅读成了一种专业水准很高的工作。在中国，文学的阅读更有这样一种危险的趋势。前天晚上，约会几个写书的朋友，其中一个就以又写了一部别人看不懂的小说，因此也很难出版的小说而自傲，并为人们的有眼无珠，自然便也无法识珠而悻悻然。他之所以有这种底气，是因为在学院派的教科书里，在奉为经典的大书里，很有些是很难卒读，也很有些是要让人猜度作者到底是受什么心情的支配，要誓死和我们把打哑谜活动进行到底的。

　　目前，我们的科幻小说引进也会遇到这样的情形。很多东西，在大洋彼岸已经盖棺论定为经典了，中文的不同传播渠道也沿用了这种评价。这种评价又激起了大家很高的期待，但是，当这些作品真正摆放到我们面前时，却会遇到两种情形，有些耳闻许久的作品确实名实相符，而有些却注定让我们感到深深的失望。我们必须承认，东西方之间，在审美上是有一些差异的，有些时候，这种差异还十分巨大。就科幻小说来，一些过于沉溺于技术性想象，陷入技术细节死板描摹，而缺乏情致，也缺少思想的作品，往往名头很大，但真要认真卒读是需要很多耐心与勇气的。我们也很费力地推荐过这种作品，但效果并不见佳，大多数持币购买的读者并不叫好。市场经济就是读者用人民币投票，不要说反对，弃权的人一多，情况就不大美妙。就为还想读更多小说的读者着想，出版者拿什么去买老外的版权？

比如，我们以增刊方式推出的《红火星》，以图书方式推出的《吉姆星》，受欢迎的程度便不似我们的预料。于是，从引进版权到编辑出版都费神费力费钱的编辑便问自己为什么了？这不是最硬最正宗的科幻吗？不是最有科学想象的巨大建筑吗？

看来，对于大多数读者来说，读小说首先要读故事，这个道理就像是房子先要能遮风避雨一样简单。而这样的小说，在技术层面上过分津津有味的描写，冲淡或者阻滞了故事的进展，而大部分读者并没有发烧友那种什么难啃的骨头都能对付的好牙口。好多时候，小说形式上炫目的可能性、内容上深奥宏大的可能性，都有可能使我们忘了小说最基本的功能。而奇怪的是，这一类小说，在很多的诠释文字中，常常被当成科幻小说的正宗。本来，某类文学，有一种正宗，或者说有一种主流是必需的，但危险的是，我们常常把对正统或主流当作唯一的，而且绝对排他的理解。于是，很多有意思的作家、有意思的作品便被我们自然地排除于视野之外了。

必须承认，有意思的小说与有意义的小说，在很多时候，是很难取得一致的。

也必须承认，更多的阅读者首先要看的是一部好看的小说，然后，才有可能有兴趣在掩卷之后，看其在学术的眼光中，有怎样的一种评价与地位。有地位，好；没有，也就拉倒。

更何况，所谓正统的科幻小说定位也会随着时代风习的变化，而随之发生一些奇妙的变化。更不要说，中国读科幻的读者也还太少，中国科幻作家做出尝试更是远远不够。所以，这个时候，便急于出来梳理界限，确定正统与非正统的区别，确乎是有些操之过急了，有大跃进的嫌疑。很多很多年来，中国的社会在封建制度下都很停滞，步态稳重，而思想缓慢。而今天，中国人又都显得有些急切了。

已经有人为这时代症取了一个名，叫作浮躁。须知科学与文学，两者都是很需要底蕴的事情，千万急躁不得，更是千千万万骄傲不得。在网上刚出道的新手，刚发了一两篇不怎么够斤两的小说，便意气风发，如入无人之境高声大嗓地骂人，可惜，可怜。也不看看那些默默写作，并时有进展的同道；也不出一点点细汗，真是一件比科幻小说还要考验想象的事情。

而我们作为一个刊物，所要努力的，便是让人们想到科幻小说时，有一种更舒展的想象，一种更丰满的感觉，一种有趣味的沉湎。想到科幻小说，就是一个不断延展，包容很强的动态概念。

关于《月亮孩子》

喜欢杰克·威廉森，喜欢他的很多作品，包括这部《月亮孩子》。

为什么喜欢？

道理很简单，首先是因为它好看。

为什么好看？

两个原因：第一，有一个一直在推进着，不肯停滞下来的故事；第二，一种神秘的气氛，因为神秘，因为某种不可知，而具有的些许恐怖感。

为什么如此简单？

小说就是把复杂的东西，掩藏在简单的东西后面。

那么，什么是简单的东西后面的复杂？

那就很多啦。首先是描写上的复杂。这有两个层面的意思，第一个层面当然还是故事本身。我们说过，故事本身是对作家最基本的考验，之所以说故事本身是一个考验，因为每一个写作者，不管是大师还是初学者，都会遇到一个问题，你开始写一个故事的时候，就十分明白，不能只讲故事，要在讲故事之外做许多事情。比如交代一个人物，或者是一组人物之间相互的关系，要渲染出某种气氛，科幻小说更要有一些关于未知世界的真切的描绘。而这一切，一旦把握不好，要么只顾了讲故事，结果只给了读者一个支离破碎的骨架；要么离开故事太久，致使进行中的故事不断地停顿下来。在具体的作品中，前一种情形是很少出现的，如果出现也多表现在初学者试笔的作品上。这种作品大多不能得到面世的机会，可以略过不谈。而后一种情形，是我们常常遇见的。

特别是在科幻小说中，写作者一旦捕捉到一个想象奇异的场景，或者某种可以自圆其说的科学道理，往往便沉溺其中，津津有味地描写着、呈现着，而忘了与此同时要让人物行动，并通过人的行动使故事得到推进。

科幻阅读中经常会出现的停滞感和沉闷感，很多时候就是由此种原因引起的。虽然说，有相当一部分读者喜欢这样的作品，但是，这绝对不是大部分阅读科幻小说的人所要刻意追求的阅读体验。

威廉森的小说，特别是他的长篇小说，就我读过的五六部来说，能够看出他是不以一种观点作为一个带硬壳的茧子，把自己约束在里面不肯出来，而且看见别的写作者所做的茧子没有与自己的茧子保持一致便有些愤愤然。特别是考虑到科幻小说当中并不包括很多的文体实验，那么，小说的形式在大多数情况下是由作家所选择的题材与内容来决定的。威廉森的小说就是这样。他两部反物质题材的长篇，是另创一个新世界的创世纪，那样的小说文体是庄重而严谨的史诗风格，而小说的主人公身上，也洋溢着创世英雄那种有些孤独的崇高感，和令人崇敬也令人痛苦的牺牲精神。而到《比内心更黑暗》，却带上了边疆民族强大传说的那种神秘风格，并且成功嫁接了细致深刻的心理剖析，甚至还有很多建立在这个基础上的与感觉、与潜意识有关的优美的抒情性段落。这样的小说，显然是向多种不同类小说学习的结果。以之来比照当下我们科幻小说的创作状况，便觉得小说影响的来源过于单一了。

读罢《月亮孩子》，更是加强了我的这种印象。

小说吸引我们的，首先是在整个故事中那暗含着危险的雾一样四处弥漫的神秘感。这种神秘感的造成，很容易被看成是由两个悬念所造成的。第一个悬念：这些月亮孩子奇怪特征与超常能力的来源。第二个悬念：小说中那个巨大的通天之塔如何建成，建成后又会带来什么样的结果。作者笔下故事的推进过程，其实便是破解这两个悬念的过程。有写作经验的人都知道，一个悬念，要始终保持对读者的吸引力，换句话说，要用一个两个悬念来始终保持对故事的推动能力是很困难的。威廉森的方法之一，是在大的悬念中，又设置出很多小的悬念；方法之二，便是浸润于字里行间的气氛营造。一种有些怪异感的，一种阴冷而暗淡的气氛，也像雾一样四处弥漫。

有了这样一个基础之后，小说中的人物关系其实并不像传统小说中那样重要了。当然，这不是说小说中没有展开人物关系，而是说，在传统小说中，很多内涵是从人物关系当中来挖掘的，但在这样的小说中，从作者到读者都没有这样的期望。所以，虽然在这部小说中，人物关系中有很多东西值得挖掘，但作者却明显地忽略了。比如，小说叙述者与他兄长的关系，几个成年人与几个亲生的怪异孩子之间的关系，三个小孩之间的关系，都隐藏着许多可以挖掘的价值。

我不相信是作家本人对此没有感觉，而是科幻小说，更准确地说，是《月亮孩子》这部科幻小说，重要的不是内在的含义，而是对那些大大小小的悬念的解答。读者在这里，也是想要明白，在这个用想象构造出来的世界里，到底会发生什么事情，到底发生了什么事情，以及这事情为什么会发生。所以，在这里，人物关系是情节链条，而不是意义空间。

当然，也有一些科幻小说会像主流文学一样，程度不同地进行意义开掘，但这一路数的小说，不在本次的讨论范围之内。我们讨论的是有趣的小说和枯燥的小说，更直白地说，是好看的小说和不好看的小说。

《月亮孩子》至少是部有趣的小说，好看的小说。